◎ 华晓春

　　中国作家协会会员。出版著作有《天上的池塘》（诗集）《模拟一朵桃花的盛开》（诗集）《月之韵》（诗集）《时光斑斓》（散文集）等。应邀连任2009年、2010年首届及第二届海峡论坛开幕式文艺晚会"中华情·海峡缘"总撰稿，连任2008年、2009年中央电视台元旦晚会总撰稿；连任2006年、2007年、2008年、2009年、2010年中央电视台中秋晚会"海峡月·中华情""山庄月·中华情""荣成月·中华情""宜春月·中华情""芜湖月·中华情"撰稿，2015年应邀担任第二届丝绸之路国际电影节闭幕式颁奖晚会总撰稿，2019年应邀担任第28届金鸡百花电影节开幕式晚会撰稿。创作的歌曲《贺新年》《芬芳故乡月》《故乡月光》《白鹭的翅膀》《水水的歌谣》《月光的祝福》等分别入选2008年、2009年、2010年央视中秋晚会、2009年央视元旦晚会、世界合唱节及国际园林博览会。其中为央视2006年及2009年中秋晚会创作朗诵诗歌《守望》《月之韵》，2015年为央视第二届丝绸之路国际电影节创作朗诵诗歌《坊巷谣》，2019年参与央视第六届丝绸之路国际电影节闭幕式晚会创作开场节目《向梦想出发》等。诗歌入选2014年中央电视台"春节诗会"及2019年中国教育电视台"诗意中国"栏目。

我祖国花样的乡愁

华晓春 著

海峡出版发行集团 | 海峡文艺出版社

图书在版编目(CIP)数据

我祖国花样的乡愁/华晓春著.—福州:海峡文艺出版社,2020.12(2021.9重印)
ISBN 978-7-5550-2540-5

Ⅰ.①我… Ⅱ.①华… Ⅲ.①诗集-中国-当代 Ⅳ.①I227

中国版本图书馆 CIP 数据核字(2020)第 270869 号

我祖国花样的乡愁

华晓春 著

责任编辑	李永远
出版发行	海峡文艺出版社
经　　销	福建新华发行(集团)有限责任公司
社　　址	福州市东水路 76 号 14 层
发 行 部	0591-87536797
印　　刷	福州力人彩印有限公司　　邮编　350012
厂　　址	福州市晋安区新店镇健康村西庄 580 号 9 栋
开　　本	889 毫米×1194 毫米　1/32
字　　数	250 千字
印　　张	11.625
版　　次	2020 年 12 月第 1 版
印　　次	2021 年 9 月第 2 次印刷
书　　号	ISBN 978-7-5550-2540-5
定　　价	60.00 元

如发现印装质量问题,请寄承印厂调换

直击心灵的绽放

华满荣

每当晓春出版新的诗集,我总是第一个最忠实的读者。他也很尊重我,当初稿选定后,总会第一时间告诉我,送稿到出版社前也会第一时间把汇集成册的诗稿让我过目,叫我提出看法。《我祖国花样的乡愁》出版也是如此。

《我祖国花样的乡愁》读来如一股清泉,甘甜入口、沁人心脾。她真实、亲切,把我直接带入现实的场景。她犹如满地火红的玫瑰花、满眼缤纷的成片凤凰木、满山遍野的红杜鹃、厦门盛夏火热阳光下怒放的三角梅,耀眼夺目,直击心灵,在人们的心中绽放。

乡愁是一种爱恋,是对曾经拥有的一种追思,是永远的迷恋。晓春他们这一代的乡愁,有对童年时代跟随父母工作调动、辗转多个乡镇生活的留恋;有对学校生活,特别是大学时代火热生活的追忆;有参加工作后奋力拼搏的精彩;有为央视中秋晚会、元旦晚会、国际电影节、金鸡百花奖开幕式等晚会撰稿播出后好评如潮的喜悦;但更多的是对故乡、对亲人的思念,对成功与失落时喜怒哀乐的思索。以上种种乡愁交织在一起,构成了一幅幅绚丽多彩的鲜活画卷。当每个人的乡愁汇入了我们伟大祖国母亲的怀抱时,就融汇出祖国花样的乡愁,她是那么多彩多姿、如梦如幻,令人神往,这就是"祖国花样的乡愁"神奇的力量,她催人奋进、拼搏,鼓舞人们为实现理想而努力。

一代人有一代人的乡愁。我出生于 20 世纪 40 年代,我们的乡愁——有翻身解放后农民分到土地时对共产党的感激与欢乐；有我们上小学唱起"我们是共产主义接班人"少先队队歌时的陶醉与光荣；有上了中学后对植物学及古诗词的迷恋；有每当春播后稻麦成熟时"喜看稻菽千层浪"及邀上伙伴下池塘抓鱼摸虾、踩莲藕、摘菱角的惬意；参加工作后有被抽调去参加省（市）委社教工作队与群众同吃同住同劳动的苦乐甘甜；有入党提干后的责任与担当；有通过我们的努力改善了群众生活条件、改变了乡村面貌后的满足感和受到表彰站上领奖台时的自豪与荣光；当然也有初恋的甜蜜；有因忙于工作或经济窘困诸多原因多年回不去故乡的魂牵梦绕；有失去多位亲人的悲凉及因思念亲人久了常在梦里见到他们而感到弥补了自己的相思苦后的欣慰；特别是退休后又产生了对居住地——厦门这一座高颜值、高素质城市的迷恋。鹭岛气候宜人，面积不大，人口不多，城在海上，交通方便，四通八达，到处可以看见白鹭低翔或在海边沙滩觅食与人和睦相处的温暖场景，岛内外处处鲜花盛开，风景如画。而这些构筑起我们这一代人的隽永乡愁。

为人一生，当铭刻乡愁！

祝愿我的儿子华晓春能在文学的大路上越走越远！

以此为序。

2019 年 12 月 23 日

于鹭岛

◆ 目录

第一辑 栖身之厝

龙舟池/3

大社/6

石鼓路/9

龙舟池的昙花/11

杏林湾落日/12

集美龙舟池畔吊屈原/14

尚忠楼/17

归来堂/20

延平故垒/22

鳌园/24

这浔江里的小舟/26

落水者/28

房间里的三位常客/30

财经学院运动场/32

归来堂的声音
——写给2015集美诗歌快闪/34

集美的秋天/36

邂逅田头村/38

在集美,我放牧跳跃的词汇/40

龙舟池上的凝眸/42

思明电影院/47

会展中心铺开红地毯/49

厦门的火烧云/51

沙坡尾/53

1

当海风吹过/55

那片海还在海湾公园之畔荡漾/57

同安军营村/59

麻阳溪畔的少女/62

麻阳溪/64

麻阳溪畔的梅花/66

一江春水向东流/68

白岩山的月亮

——5月7日夜会岩城诗友/70

安良堡

——5月8日观桃源安良堡/72

回岩城

——兼和梁兄/74

在仙峰村/76

通驷桥/78

访横坑油茶籽园/80

致屏山的芦苇/82

致广平的银杏

——遥寄第四届"大田·集美"山海诗会/84

在岩城,遇见茶/86

比如武陵安/88

山海烽火情/90

第二辑 邂逅之乡

坊巷谣

——应邀为第二届丝绸之路国际电影节创作/97

◆ 目录

崇武古城/99

观漳平永福樱花/101

中午,去角美会黑枣/103

铁观音

——忆4月8日访安溪/105

汀江源探亲记/107

桂湖之畔/111

塔斗山/113

诏安的梅花/115

约会泉州/117

白马河畔/120

又去榕城/122

榕城之名/124

榕城晤友/127

拼命

——观婺源油菜花/129

东瀛之旅/131

我在武汉/134

情愫

——献给央视中文国际频道《中华情》/138

第三辑 亲爱之邦

鹧鸪鸣/141

情人节/143

解梦/144

梅/146

接女儿/148

搬迁/149

等/151

尤溪

——兼怀大伯、三伯/153

头七天

——献给永远的母亲/155

今年春天所有的花都开了/156

呼唤/158

另一种方式/160

人流依旧湍急/162

我们开始有了距离/164

爆杖花/165

清明日/166

父亲在阳台上培土修剪/168

2019年中元夜/170

第四辑 身体之域

端详/175

因了勃兰特的象/176

押/178

垂钓者/180

更辽阔的海/181

水边的柳丝

——为张瑶诗集《听说》题序/183

瞬间/184

◆ 目录

独自上路/185

爆杖花语/186

车窗外/188

云雾动车/189

月色/191

耽搁/192

茶·海/194

忘了/196

下班/197

惊蛰/198

致小叶榄仁/200

蓝天白云/202

候车室/204

无语/206

风起时/208

等待/209

木棉花/211

环顾

——兼寄语海律诗社/213

原谅/215

春雨潇潇/217

坐在画中/218

白蝶/220

说不出名的咖啡厅/222

凤凰花开/224

哭泣的凤凰花/226

削一个苹果/227

我们可以走得更远/229

蓝天里的羽毛球/231

一枝三角梅横在路旁/233

窗/235

也许我们已相距遥远/237

窗口上的花/239

捡石头/240

眼睛受伤后的桃花/241

江南微凉/243

雾之梦/245

身体里的枝桠

——读郭居敬《全相二十四孝诗选》/246

池塘旧/247

火车开进花地/249

换雨书/250

婀娜/252

菡萏/254

品茗/256

落樱/258

暂时过河的石头/260

我们也说过同样的话/261

要回去的地方/263

新衣/265

借桃花三片/267

凭空/269

挣脱/271

偶遇芭蕉/272

望月/274

花朵已在原野上独自开放/276

我知道你在等待/278

第五辑 时光之城

告别/283

再见,2013年/284

2015年最后一缕阳光/287

浓雾/289

枕一江春水入眠/291

限时/293

3点出发的高铁/294

中秋夜/296

当我们的手扶上一棵树/298

秋日午后/300

诗日记/302

感谢
——致我的四十八岁生日/308

瑞香花盛开的日子/311

惊蛰日/313

诗歌日的发言/315

新年好/317

洞悉/319

生日忆名/321

春分/323

送孙先生去广西/325

对饮吟留别/327

最后的一抹阳光/329

周六的黄昏/331

隐身于春天/333

正月十五观灯/335

邂逅/337

元旦致词/339

年末/341

新日/343

半杯姜丝麦仔茶/345

残棋/347

马銮湾的夕阳/349

生日偶得/351

立春,下雨了/353

离散词/355

司空见惯里的神秘和玄妙(后记)/357

第一辑 栖身之居

龙舟池

我的船儿又在上面荡漾
一次次醉
像涌进舱里的一汪汪池水
或晕头跃进来的鱼
谁在船头弹着尤克里里
涟漪一般泛起忧郁

谁又是第一个跳进池里的人
为了简单的游泳
或者追逐旋涡一样的爱情
或者以不小心跌入的理由
拥抱一回往事

湖心亭里
谁又隔着白纱曼舞
我目不转睛地望着
分解着
那是别离的手势
那是模拟的相拥
红色的灯笼在里头
忽明忽暗
凄厉的时间在亭外流转

我却看见了南辉亭下
伊又将她温暖的手臂
悄悄绕在我插在衣袋的手臂上
1997年
一丛缭绕的常春藤从岸上辽阔蔓延

之前,一条条龙浮出了水面
愈发沉重
有人骑在上面
鼓和锣放进了身体
欲飞挣扎的嘶吼
已简单分给了两岸的杂沓

而只在月下
我会借过龙舟池水的反光
仔细分辨那张脸上的夜色深浅
一无所获之后的归路上
我一遍遍地吟诵那一行诗句
"千年之后,你能否记起
记起这样年轻的夜晚?"

也只有龙舟池愿意陪我
将1987年孤独地踱到1990年
将上半夜的石板路
一块块铺出下半夜的叹息

那时候的叹息那么巨大
整座龙舟池都放不下

2016年之后，我不想见到的是
水一次次从池里流光
望着一池的淤泥
我会怀疑三十年悄悄沉入的秘密
更怀疑我曾经把整个龙舟池翻转过来后
不再淅淅沥沥飘落的蓝色雨丝
从此，道南楼来不及倒影的时候
或者白鹭已在半程
歌声即将抵达的黄昏
我想搬起这首诗
旖旎地覆盖

                    2016年10月26日

大　社

离海咫尺,大社
轻轻摇晃
海风一次次将浪鼓上了褪色的屋檐
一只只寻家的燕子
在上面出没了七百多年
又一次亮出火红的脊背

一面面红砖墙
多像我迷醉于南音社戏里乡亲的面庞
红扑扑地放着光
丝丝入扣的琵琶响起
如纷纷的思乡雨
曾几何时
从南洋一直飘进头顶的树荫
泼洒下
一阵阵
却是永不停息的榕树须

最听不得
夜深时候的洞箫
从冰凉的石窗棂
从月盘的残缺处漏出

丝丝缕缕

云一般袭上心头

谁,在祠后路的沙茶面馆

用哭腔

哼出了《望春风》

只是拿捏的那些童玩

又——从浔江畔奔跑回来

夕光里

沿忽明忽暗的嘉庚路、尚南路、集岑路、浔江路

向杂沓的尚青路、祠后路追逐

最后都呼啸地汇聚到了祠前路

悉数落座于宗祠广场的戏台下

旧剧新戏在鼓点声声中

在宗祠烟火缭绕的凝望里

又咿咿呀呀上演

而在明灭的灯影里

我又见到那个叫"陈嘉庚"的大社孩子

心事重重地从惕斋学塾里出来

他望了望无比巨大的苍穹

小小的身子义无反顾地又朝风浪里扑去

他温暖的闽南乡音

从此此起彼伏

蔓延了大社内外的无限江山

一百多年过去了

依旧闪烁

最想见的是每年正月十五
大社热闹地巡游在刈香队伍里
肩头热烈摇晃的是七百多年的时光悠悠
鞭炮和一炷炷香绵延的
是我祖国花样的乡愁

2017 年 5 月 8 日

石鼓路

那些米黄色的杯子在浮游
荡着轻薄的烟
我随意一个转身
一束简单的光打来
我们即刻陷入彼此的迷离

一阵芬芳起
你又在一中门口斑驳的墙下抽泣
一只蜜蜂从我写诗的木槿花下飞出
扑棱棱离开了少年
而我们都看见了青葱的早晨
一前一后走在朦胧的竹林
彼此将叶笛吹得雾起雾散
互相不知道
嘹亮的竟是彼此的乳名

而这一刻我的"别克"车正和门外的三角梅亲昵
你的"甲壳虫"车顶上落着一朵硕大的凤凰花
像不像当初我骑着的达达木马
和你的发间忽闪着的那朵火红的蝴蝶结
我们在奔跑
它们已停驻

其实石鼓路上什么都在奔跑

匆匆上学的女儿正从她爱的玉米汁店前小跑而过

绕过那棵忽有忽无的巨大榕树

钟楼在旁边忽闪着它那双似笑似哭的窗

而她的步点里叠着高跟鞋绣花鞋和运动鞋

头发在短发和长发飘飘间变幻

此刻我们看清了这一切

像看清了石鼓路其实就是一条被水泥浇筑的河

从北边的音乐学院川流不息到龙舟池

一池的荡漾又悠悠地漫入一首青涩的练习曲里

我们可否停在半空或两岸

任石鼓路湿透胸口

或者干涸作最后的一尾鱼

在凝固,一点点涌入身体之前

        2016 年 10 月 25 日

龙舟池的昙花

雨日,龙舟池的池面上
开始盛开一排排透明的昙花
齐刷刷地凋落
在另一茬昙花骤然喷涌而出之前

不像阳台上的那一盆
我们那样精心地浇灌
在它面前徘徊
说了那么多的悄悄话
才在一个没有告知的夜晚
递来那样清冷的一小朵
我们在它的旁边澎湃地喝过酒
频频拍照留念
它又一次静静收拢花瓣之时
谁已泪落满面

不像龙舟池的昙花
那么不够朋友
不让细品也罢
还来不及道别

2015 年 1 月 14 日

杏林湾落日

旦的面庞骤然出现
俯瞰了一眼杏林湾
水心即刻浮起一朵胭脂
晕开,天地都羞了

水之湄,那些修木栈道的人
依次落入一大碗番茄酱里
像翻滚的籽
红彤彤的船只,锦鲤一般
一尾尾正追逐欢呼

不远的红树林
枝桠夸张地招展
像一群哑巴迎风
涨红了脖子

一群青年跑了进来
所有的草啊树啊
瞬间点燃
火光冲天
红色的烟雾弥漫
呛得鸟儿四溅

——那些纷扬的火星

声响还在,且已别过脸去
黑色的幕布掉下
工人的衣服依旧没有扣紧
脸色暗淡
船静静趴着
鱼依旧眠在浅底
红树林里观鸟的那些孩子
早已悄悄爬上了
渐渐熄灭的岸
有人在石板路上
狠狠砸碎了一个
翠绿的啤酒瓶

2014年3月25日

集美龙舟池畔吊屈原

闪开,快闪开

这一次投入再也不征求风

不追问天

再也不管春花灿烂

不管虫鸣鸟稀

天地密匝,人声鼎沸

统统闪开

唯水之沁凉

唯水之清白

这一次,你要来包裹冒烟的身躯

所有的水,瞬间回到了36℃

像你辽阔的皮肤

曾想着可以覆盖三千里江山

密林如刺

脸面善变

下笔多沉

血滴多浓

一整面苍穹的星星点点

倒映你破碎的字句

一泻千里

这一刻

三山五岳都列队来看你了

千百年时光就等在身后

不是我们将彼此约到了岸边

是风声裂了心肝

是你心中那朵枯槁的花

逢水怒放

水声很小

只是这周遭死一般宁静

动作才被涨大

水归宁静之时

你在深处

只是因为再也没有水花

被你浇灌得如此盛开

2014年,我遥立在集美端午的龙舟池畔

鼓声擂响

那南薰楼、道南楼、允恭楼如一只只瓦光锃亮的龙舟

在山呼海啸中竞先划出

沿嘉庚路、石鼓路、学村门

向云蒸霞蔚的杏林湾

向蒸蒸日上的集美新城

向蔚蓝大海

澎湃进发

看,头顶上正探下一把把光芒的桨

我们就是那此起彼伏的号角
正激扬起无边的水花

2014 年 3 月 31 日

尚忠楼

这世上，唯有尚忠楼
用光它的红瓦粉墙
庇佑过我青涩的动作
三十年过去了
完好无损

夜半里，用下巴夹着手电筒
一行行文字
带我越出朝北的窗
窗外是呼啸的甘蔗林
和深深浅浅的红薯地
海浪等在海边
岸上岸下
无休止地踱着
依旧没有接到我
虚拟过千百次的私奔

在小天安门的长廊里
我挥了挥手
蚊子起起落落
夜色忽肥忽瘦
温柔的低语忐忑地伏在了膝上

忽闪的眼眸
似朦胧里跌落的星辰
溅着无边的叹息
"我真的不知道"
谁又在一遍遍地重复?
忘了檐角的月盘
钩挂得伤痕累累

最后的夜晚
我试光了所有的表情
展开双臂
搂紧尚忠楼
猜想中的交响曲没有如约响起
云在头顶上
依旧似一艘艘寂寞的船
原地打转
红瓦静默
像一群鲜艳的看客
我明白了
脚尖一旦停驻
一圈圈泛起的
一定是无边的缥缈

而三十年的光阴
只足够仿建一栋崭新的大学宿舍楼

横亘在我今天三楼朝南的窗前

每天望一眼天际

我仍可以望见尚忠楼

洞悉里头光鲜的动作

和彼此的眼眸

只是我们互相凝望的时候

我像守望着故乡

尚忠楼啊,你一定望见了白霜

正悄悄漫上了

注定的苍茫

     2016 年 11 月 19 日

归来堂

之前,沙在沙里

大理石在打磨中

燕子满天空飞

铜,接近坚硬

1987 年的中秋夜

一支红蜡烛在一个红塑料桶里开始燃烧

我和财政 8704 班的同学从八闽大地

席地围坐而来

风在四周缭绕

我们一首接一首唱歌的时候

铜像在我们身后

一次次展开闪光的臂弯

偷偷放下相同的手帕

2005 年,女儿在我的牵引下

第一次在铜像下搬弄着小花盆

她偶尔仰望的时候

我用了十八年打制的一抹夕阳

灿烂地落在她干净的小脸上

2015 年的端午节

我安放了好多诗歌在归来堂里
每一首都不知不觉地朝铜像靠拢
这些又用了十年酿制的字句
已经有了金属感

2016年这个傍晚
我看见燕尾脊在天空奋力摆动
沿嘉庚路,从梦里
喷涌来绵延的涛声
铜像表情平和
一如往昔
熊熊燃烧的火烧云蜂拥而至

      2016年11月6日

延平故垒

我虚构过一些人在延平故垒的高坡上
面朝浔江
坐在古炮和巨石上
他们黑发纷扬
古榕树下
多情的诗句在黄昏时候分别写就
彼此押着对方的韵
把秘密塞进深深的刻痕
一个个遁入苍茫

而1987年我们拾级而上的时候
只靠在集美寨石门前
随意摆着姿势拍照
我们嫌一棵榕树太吵
一门古炮太喑哑
我们用手指伸进红色的刻痕
没有感觉到滚烫
仍只是石头的冰冷

如今三十年过去了
该来的来了
该离去的离去了

集美寨上的一条横石

其实就是门了

一棵老榕树苦撑着一片森林的婆娑

一门古炮

早已把一串串雷声——吞回漆黑的胸膛

一块巨石上

红漆描下的刻痕"延平故垒"四字

饱涨着旧时光里所有的动与静

站上延平故垒的高坡

浔江上的风一阵阵吹来

只是虚构里的那些人再次归来

可会捎来我们的传说?

       2016 年 12 月 18 日

鳌 园

进园子的时候

遇见了大量的石头

每一块都沉默

都坚硬

一些石面上

刻进了飞鸟走兽和植物

石头仿佛就要飞翔跳跃和生长

其实那些石头在雕刻之前

在搬进园子之前

就是蔓延在飞鸟走兽和植物里的脚步和心跳

也曾笑闹，哭泣

和拥抱

我们来不及遇见

年代在挤压

我们抵达之前的时间、地点、人物

以及爱情

统统挤进了一块块石头

石头里那么窄

根本来不及调整积压的动作

和叮咛

而海水一次次在围墙外扑腾

渴望越过墙来

一支支队伍

一批批人围拢而来的时候

其实我们就是越过墙的浪花

携带上了所有的梦境

我们的后面是远山白云

和颤动的地平线

                2016 年 12 月 6 日

这浔江里的小舟

这浔江里的小舟
在灰色的晨曦里轻摇
多像旧照里的帆影
远山重叠着远山
水流淌着
昨日的晚唱

只是此刻的动作
沐浴着此刻的天光
离此不远的岸上
有了崭新的楼房
临窗,有了谁
久久凝望
不似旧年
这上面只有云
伴着白鹭飞翔

而这目光
此刻一道道斑驳
彼此的距离没变
我们正散作斜阳
一如往昔

百年前的他们

正在此刻的天色里

将这一切凝望

跟我一样

紧张得

不敢声张

这浔江里的小舟

轻轻摇晃,依然

2013 年 11 月 13 日

落水者

昨夜,四个老男人酒后
从龙舟池畔回家
突然发现
夜幕中的道南楼、南薰楼正醉卧池中
瑟瑟发抖
不由分说
他们纷纷下水
青筋暴起,前后扑腾
终将一池的灯影月影
悉数捞起
坐回岸上
他们一边精疲力尽地做人工呼吸
一边唠叨着慢慢复苏的彩色身体:
当年我们喝酒多么汹涌
一池沁脾
也才微醺
哪像今夜的你俩
只饮一瓢月光
一缕春风
就跌入波浪
寻死觅活
不是我们四人经过

明天,谁来擦拭这一身的波光

收拾

这一池的碎片?

2015年1月16日

房间里的三位常客

一位叫夕阳
它总是准时从马銮湾上过来
不敲门
直接从云朵里
趴进我的沙发

另一位叫南风
它的速度忽快忽慢
扑了一身的桃花香和海腥味
它推门进来之后
我总觉得有好多花
和鱼都一起跟着进来

最后的这位叫挣扎
它像空气一样弥漫在屋里
一会儿像处子端坐不远
一会儿像火焰一般
快把这房间点着
出入无常

这几日我和这三位常客
其实处得不错

不相信你看我的怀里

它们正酣睡得香甜

一个梦一个梦又一个梦

不停地在我眼前忽闪

让我一人醒着

照看

     2015 年 4 月 15 日

财经学院运动场

财经学院运动场的跑道走上一圈
就会播一首歌
我这枚唱针悬在上头
划了近三十年

最早划出的那一次
有 100 米、200 米、400 米
还有 3000 米的距离
沿途溅起的都是亢奋的分贝
当时只知道让声音响起
不知道有谁会听

好多个夜晚
长满高草的运动场中央
泊着一团月光
孤独地舒展开来
像一篇神秘的小情诗
相伴的音符
只有黑色的云朵
三两颗流星

直到两个人的脚步

随意地快慢相随
响起了小步舞曲的同时
听见了脚镣的叮当

接近的旋律
是妻子怀孕时的散步
我搀扶着她的手臂时
听见了一曲优美的小提琴
我怀疑女儿就是其间
最闪亮灵动的那个音符

现在已经响起了女儿的哼唱
她结实地踩在塑胶跑道上
刘海轻扬
两棵榕树像两位超百岁老人
弯着腰一圈圈叮嘱
"慢点！慢点！"
旋律那么快
每到黄昏，财经学院运动场那么多人
只有我听得见

2015 年 4 月 30 日

归来堂的声音

——写给 2015 集美诗歌快闪

此刻,在归来堂

其实不必发声

我们的头顶已填满声音

听得清的那个声音

正从龙舟池上来

已从更远的汨罗江上来

两千多年前的屈子呵

只要包好粽子,划出龙舟

我们即刻就听见了

他的那一阵长啸

那声霹雳般的水响

另一个声音更是清晰

那是一位爱国老人

在走进我的身后的这尊铜像之前

拼将了全身的力气留下的谆谆叮咛:

"归来吧,归来!"

于是千万游子听见了

身体回不来了

心底的那一句呼唤

早已萦绕这故园的上空

在归来堂,此刻

听得最清楚的

就是我的声音,你的声音,他的声音

是我们的呼唤

让时间外的屈子、铜像里的老人

在此刻归来

和我们欢聚

而此刻的我们

正抚摸着心口澎湃的心跳

真切地看到凤凰花的燃烧

远处龙舟的锣鼓一阵追逐着一阵

像催促着当下的我们

如何用尽自己全部的诗情和意象

以我们特有的动作

抬起我们的声音

共同填进头上这片

我坚信必然更加璀璨的天空

归来堂的声音

得用心来听

2015年6月5日

集美的秋天

秋天来了
这其实是一个借口

想把菊花搬出来
放在不长芦苇的勿忘湖边
他们金黄的手指不会伸出
集美的秋天
菊花是透明的

可以看见的是时光一批批凋落
没有具体的叶子承载
是托给一个翅膀的剪影
或者被迎头痛击后的满眼星光

我也没有想用上咳嗽
那突然的声响
其实还搁在春天里，破着
搁浅多月
一抹流霞漫上肩
好吧，我其实披的是这条围巾

然后就是没有姓名的哭者

想着迎风
拥抱而来的却是温暖的身体
她们牵起谁的手跳舞
醉,在眼眶里颠来倒去
不肯让出一丝空间

此刻,我真的就在这样的秋天
在集美突然提交给我的
如此明显的借口里
谁都不能跟我走
我都无法确定此人是我
出入的大面积蒹葭
只是我密密麻麻婆娑的影子

        2015 年 10 月 21 日

邂逅田头村

我来的时候,仙灵旗山
在远处披着绵延的斗篷
一阵风来
掀起一角
便飘出时间里小刀会的旗幡
辛亥的号角
一群雪白的鹭鸟
衔着斑斓朝霞
扑面而来

而想要漫过我们的头顶的
还有脚边无边的仙景芋的叶片
一寸寸地滋长
一回回地攀升
将茎和叶柄一次次伸入我们的体内
无边的晨光瞬间作了肥沃的土
我们就是那一颗颗突然结进乡间的芋
饱含营养

一两声锤响又从打铁铺里溅出
那通红的炉火
将童年的模样又映照得发烫

那一件件无以名状的乡村往事
正被锤打成锄头、柴刀、镰刀和犁头
——挂出

而我们拾不完这田间地头的记忆
幸好在鹰坑谷里集结
打谷机、鼓风机、犁耙和独轮车
以及一件件农具聚在一块
多像当年的长辈们
在田埂上一起欢笑
在村头的龙眼树下
喑哑的悲伤
谁不小心又站到了刚掘来的神道石像旁
武官拎着依然锋利的剑
一丛火红的三角梅正一次次
拍打在它布满凿痕的身上

此刻，三两个老者
在万寿宫里已经为我们泡好香茶
我们在燕尾脊和红灯笼下
开始品味些许苦又回甘的乡村滋味
而供在高高的神龛里的乡愁
在所有的人的深情凝望里
正香火缭绕

2017年4月27日

在集美,我放牧跳跃的词汇

我放牧一个名词,在学村
一出现
新芽窸窣
朗朗的书声泛起
一棵树牵着另一棵树聚拢
有着光芒的速度

我放牧一个动词,在新城
那是豹的姿势
一天比一天灵动,变幻
一栋建筑开始追逐另一栋建筑
一朵浪花开在另一朵浪花之上

我放牧量词,在北区
往杏林
它们身体健硕
成群结队地进出车间和写字楼
漫过了海峡和网络
展开的翅膀巨大
多远都听得见

我还放牧着广泛的形容词,在乡间

它们在荷叶说唱里进出
扑打着燕尾的飞檐
以踢踏的节拍
掩映于油菜花间
面容鲜艳

在集美，我放牧所有跳跃的词汇
不舍昼夜

      2015 年 2 月 2 日

龙舟池上的凝眸

波光粼粼,五月绵长
当一排排桨声
再次将道南楼的倒影划行
当一艘艘龙舟从记忆里
从身边
又一次竞先射出
在锣鼓喧天中
从百年风云里
于人声鼎沸之上
我们的记忆依然那般清晰:
那是一声激昂的男中音
那是一声火热而又亲切的闽南乡音
那是一次凝眸
那是一道滚烫的目光掠过之后
龙舟池水泛起的无边涟漪
我们心中荡起的震天涛声

龙舟水响,拍打着曾经的岁月
当我们回眸二十世纪五十年代
中华人民共和国刚刚成立,百废待兴
社会主义建设正如火如荼地开启
为民族大业呼号并且身体力行

一生奔走于国内外最前沿地带的我们尊敬的先生——陈嘉庚
终于于1950年定居故里
亲自主持集美、厦大两校校舍的修建
继续推动他一生追求的宏伟大业
人们不会忘记七十七岁高龄的先生
不仅日夜奔走在两大校舍建设的工地
还亲手恢复、改革、发展了集美学村端午节的龙舟赛事

那是1951年的端午节
人们欢聚在东海之滨
于波涛之上
那尘封已久的端阳锣鼓
随着新生活的开启再次敲响
先生兴致勃勃地主持盛会
全程约一千英尺的单程比赛
男女队相距五十尺的同场竞技
获胜队奖励锦旗、背心、毛巾、肥皂的喜悦
让节日的集美乡焕发出了从未有的活力
从此,1952年端午节在集美学村的内池
1953年、1954年端午节在集美学村的中池
先生每次必到,每一回都亲自主持
和乡亲们共襄盛举
共同欢庆于龙舟竞渡的欢乐之中

当时间来到1955年的端午节
人们对节日的期待沸腾到了极点

因为这一天,映入人们眼帘的是
被七座红柱绿瓦的星亭点缀得分外壮阔的一池春水
由陈嘉庚先生亲自精心设计的学村最大池——外池、龙舟池
如美人出浴,秀美无比地展现在世人面前
闻名闽南的一年一度集美龙舟竞渡第一次在龙舟池盛大举行
陈嘉庚先生第一次和各位嘉宾一起
站在飘逸的南辉亭主持赛事
鲜艳的龙舟、亭台水榭与碧海蓝天
共同见证了集美龙舟赛事的崭新起点

龙舟池水荡漾,铭记住1957年端午节的清晨
天刚擦亮,先生就起身
今天起得比往日都早
他巡视了会场各个角落
认真地检查竞赛的各项准备工作
大会鸣炮开幕,陈老先生登上南辉亭主持讲话
他说:"赛龙舟是一项很有意义的活动,
既纪念爱国诗人屈原,
又是开展一项很好的体育运动,
可以通过它来增强人民的身体健康,
所以我们应该大力提倡。"

多情的龙舟池水啊,请铭刻1959年6月10日
8时许,集美龙舟竞赛揭幕
陈嘉庚先生登上南辉亭主持赛事并致开幕辞
他语重心长地说:

"我能够和大家一起,来欢度这个传统的节日,感到很高兴。
1949年前赛龙舟,是为了出风头,争锦标;
我们今天赛龙舟,是为了欢乐地庆祝端午节,
欢庆我们新社会的幸福生活,纪念祖国的爱国诗人屈原。
龙舟比赛是一项很好的民间体育运动,
我们应该提倡它,把这个良好的习俗保留下来。"
下午6时许闭幕
陈嘉庚先生亲自为获胜队颁奖
人们不知道这是先生最后一次登上南辉亭
龙舟池水不知道
这是最后一次将先生的闽南乡音激情传递
人们却永远记住了先生的谆谆叮咛
回乡定居十一年,七届主持龙舟赛事
人们永远不会忘记南辉亭里先生伟岸的身影
人们更不会忘记先生在龙舟池上的深情凝眸

可以告慰先生的是
如今他亲手创办的集美学村走过了百年时光
先生一生追求的教育兴国的伟业正在我们的手中发扬光大
随着1987年厦门"嘉庚杯"国际龙舟赛的成功举办
2006年起,"嘉庚杯""敬贤杯"海峡两岸龙舟赛一次次盛大举行
嘉庚先生倡导的集美龙舟赛事早已跨越国界,情牵两岸
"弘扬中华文化,纪念先贤,健康体魄"的集美龙舟理念
早已在人们的心中生根蔓延

今天,当我们再次欢聚龙舟池畔

我们知道,我们传承的是中华民族千年文明的薪火

赴的嘉庚先生执着的邀约

我们似乎又听到了南辉亭上他那穿越时空的闽南乡音

我们似乎又看见他在龙舟池上的深情凝眸

看!凝眸处——排桨挥舞,拼搏争先,激情四射

看!凝眸处——龙舟昂首,如箭如电,动地撼天

一艘集美教育的航空母舰正穿越百年烟云

在先生的凝眸处劈波起航

一座和谐幸福的集美新城正穿越百年流光

在凝眸处

在新时代

横空出世,光耀天宇!

思明电影院

当年那么好
盖在我孤独的路上
每一次在中山路走得面目全非
都是在这里
步入别人的故事
用着自己认准的动作
有那么贴心的音乐
跟着

后来更好
它直接就坐落在一株圣诞红上
伊在风中颤抖时
我们就拥到里头
头挨着头
凝视着光影中
用力搭建和拆迁的爱情
小心翼翼
将手握紧

现在,它更随意
天天站在我小屋的附近
里头的布局依旧简单

票价不贵

总制造一次次邂逅

这时,多忙我们都会停下脚步

聊上一会儿

走的时候还不忘合一张影

我们还会帮彼此掸一掸身上的灰

送彼此

消失在夕光里

2019年11月20日于厦门中医药南区547病房

会展中心铺开红地毯

那些化妆过的人
从光影里暂时挣脱
来不及卸妆
就从红地毯的那一头走来

会展中心的一侧
大海铺开蓝色地毯
白海豚在上面偶尔跃出
以最舒服的姿态
像没有任何心事
溅起霞光万丈

而那些人走上红地毯
表情各异
一些人还沿用着还未杀青的片子里的神色
一些人在夕光里
被自己扮演过的影子一路挡着脸
粉丝举起所有手机和镁光灯
都照不清她们的眼睛

只是同时
蓝地毯上正席卷过可以参透天地珍宝一般的私语

夕阳安静地泼洒下万道金光

走过了帆

银色的尾鳍

云和风

堤岸无声

此刻,我想看见

从红地毯上走过的那人

放下奖杯

聚到浩大奔腾的蓝地毯边

儿时一般

欢呼鼓掌

2019 年 11 月 23 日

(金鸡百花电影节颁奖典礼红地毯仪式举行日)

厦门的火烧云

天空烧着的时候
一整个天空打翻一炉火炭的时候
我完全不知道
那么多人正无端地脸红了
开始虔诚仰望
泪花里有了火苗
饮进胸中的那杯白开水
瞬间翻涌作鲜艳的女儿红
有人不禁用手护头
担心起这些突然挂不住的炭
他们记起了架子上翻滚的肉
那些活生生
突然扬起的灰烬

有人开始想着做点什么
比如开始模仿浪漫的模样
在心里头
四处捡拾可以把天空装进去的那几个字
或者胸口涌上了一大团的醉
想掏出亮闪闪的剪刀
剪下一角
贴在出租房里最暗淡的那面墙上

而我正陷于身体里各种云朵的搬运中

11月8日,厦门那么瓢泼的火烧云下

天风海涛都披上了红头巾

准备远行

唉,我居然没有备好一匹红鬃马

        2015年11月23日追忆

沙坡尾

这时乱
船和浪都无从收拾
鱼在船的上面
浪在怀里
我们靠到窗边
心事一尾尾
从矮胖的屋影里游出
倒一杯咖啡
涛便漫上了岸

我们去的那天
风里的咸涩
让我们无从开口
只是眼角
渐渐湿润
总觉得母亲
就要出现在那条老船
掀帘从乌篷里出来
或者正站在满是鱼腥的门前
摇晃的岸上

向和我们永别的半个月前
眺望
一绺白发
咬在嘴里

2015 年 6 月 11 日

当海风吹过

当海风吹过
我决定搬进一块礁石
跟它一起黑着脸
被浪推搡

也可以站作一棵棕榈
披散着发
任自由的线条垂地
或者挑进斜阳

当然也可以是一张白帆
在涛声的上面凝望
留意每一对翅膀
划破每一朵乌云

今年端午
我只愿是一枚海螺
泊在集美
无论是海风吹过沪上、闽东
或者同安
我都会在身体里
骤然拾得

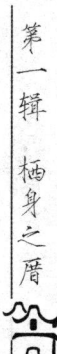

硕大的响

当海风吹过
是诗歌把我们
堆积成了海市蜃楼
或者
岸

       2015 年 6 月 15 日

那片海还在海湾公园之畔荡漾

那片海还在海湾公园之畔荡漾
只是我已在榕城
你在沪
之前相约的时间被凤凰花窃取
一周之内传遍鹭岛
欢迎的花朵见我们就围追堵截
此起彼伏

我们就在凤凰花簇拥里合影
听我三日前在"厦广"的诗歌专访重播
那片海骤然高涨
浪淹没了之前刚走过的路线
在熟悉的涛声里
我们分别望见了二十多年前的那栋小楼
里面的吉他声依然铿铿哼唱
之后便开始有了飞机起降
南太平洋曾经阻隔过彼此的眺望
而收音机里那些诗意的电波
正模糊着我三日前嗓门的沙哑
女儿欢呼着去踏那涌上岸的海水
哪知道里头幻灯一般的掩映?

海湾公园之畔的那片海依然歌唱

歌声不亚于此刻在榕城永辉超市我突遇的这场大雨

滞留在货架下写诗

前后左右摆满了崭新的瓶瓶罐罐

一部分已落进了我的购物车

就如我们的那些记忆

未经谁的默许

已从离别后那么长的日子里脱落

掉进这首诗里

汹涌起另一场潮汐

      2016 年 7 月 17 日

同安军营村

山樱花

来的时候,山樱花才栽下
满山的雨雾迷茫
一两朵紧紧挨着
在寒意中扬起嘴角
当我们把手机靠近的时候

谁又把手机靠近我们
时间在三十多年的时间里布下烟雨
人群的花花绿绿
进进出出
早掩去我们曾经明亮的眼眸
我们挨着记忆里的山啊水啊
以及命运里安排下的他呀她呀合影
根本没有留意
谁暂时吹熄了身影

还好有那些歌声
在三十多年之后,还当空
会撒下褪色的音符
硕果仅存的它们

跟跟跄跄互相磕着

撞出的声响

让我们瞬间跌入了遗失的光亮

多像这一两朵山樱花

在风里晃了一下

延伸进七彩深池的石阶

即刻忽隐忽现

整个山谷"叮当"回响

我们迅速跃上了枝头

跃进了云朵

绽开时间的苞

一次次探进了那枚

会呼唤我们乳名的月亮

影子

一个两个

三个四个五个

我们留在军营村的

绝不仅是五个匆匆的身影

一会儿我们在万家亭里

用山樱花的杯盏

饮七彩池的水

一会儿我们在突然的春雨里

变换脚步的形状

青翠的柳条
一寸寸从我们的身体里探出
谁和经冬的芥菜比画了一下身高
包菜花菜一畦一畦迅速排着队出来
寂寥的舞台在村道下
悄悄重演了一遍 2016 年的军营春晚
为了我们五个情绪高涨的观众
全市海拔最高达九百米的党校教室
朝着春天的田野
次第敞开
一个可亲的农人领着一大片的蔬菜
和我们对唱起"莲花褒歌"
我们一句高过一句的闽南乡音
让云飞落了谁家燕尾脊
而我的外婆
又从闽中岩城的大院子
坐进了雨雾的门槛上
硬是将我的年少从时间里牵出
搂进她早已冰凉的怀里
亲

2017 年 3 月 31 日

麻阳溪畔的少女

麻阳溪在奔流的时候
伊在水之湄晨读
伊低低的朗读声——落进水中
三十年后还在水心飘浮
伊指给我看的时候
我们的女儿也望见了
她望了一眼之后
又低下头大声背诵《小石潭记》
我们立在她的身后
目送着她稚嫩的声音
也扑通扑通落入了溪中

我们三人就这样站在北岸
我们挂满红灯笼朝南的窗户下面
正是自西向东奔流不息的麻阳溪
伊把头靠在我胸口的时候
我们都看见了
女儿的诵读声已奋力游向水心
与当年伊的声音正用力拥抱
激烈旋转
我们的窗户瞬间就被甩到了南岸
甩到了溪水的上方下方

开始眩晕

逐渐看不清彼此的脸

只是麻阳溪水声依然清晰

麻阳溪畔少女的诵读声依旧

合唱一般

正此起彼伏

2016年2月7日（除夕日）

麻阳溪

麻阳溪在城中潺潺
一支梅在里头怒放
一株兰花独眠
或者一片枯叶无边地抽泣
都那么适合
我坐在岸边静默时
两岸,正喷涌着
人间熊熊的烟火

而"钢琴桥"在老人的命名下
骤然在溪上起伏
一首叫时光的曲子将谁的记忆
按下又弹起
今天,我和女儿又行走其上
不知能踩出什么样的音符?
水在步伐下边
鱼一般游弋
拨动出的一则则久远的谭城童谣
"波秀波秀,耨秀耨秀……"
我们都听不明白

2017年的第一周

我最爱在建阳的麻阳溪畔

去会一尾尾诗歌

它们刚从古朴的建本上拓过

才从考亭书院的牌坊脱落

又从建窑里一一游出

我的手抚上之后

开始兔毫、鹧鸪斑、油滴作一只只不安静的建盏

团坐在我临溪的"梅兰轩"里

开始轮番闪烁出不知名的光芒

2017年2月6日于麻阳溪畔梅兰轩

麻阳溪畔的梅花

夜深关窗
才发现一株梅花
早守在了麻阳溪畔的风里
像风本来就匍匐于夜色
夜色,其实也早就是一株梅花

只是老丈人在准备过年的汹涌人潮中
抱紧一株梅
小心朝美墅·温哥华走去
暮色或者中午的天光迷离混沌
无法勾勒出谁的身影
众生皆是年的色泽
他们擦肩而过的瞬间
画面开始混淆

只有我循着窗台上的这株梅
将它移植回年前的街巷
在杂乱的路牌中
从交错的叫卖声里
我准确地看见了他
躬下瘦削的身子
用修长的手指

将朱红色的梅花轻轻抚摸

八十多年的岁月

只待他一次寂静的邂逅

而在这么深沉的夜色里

在芸芸众生的窗台上

又摆放进了多少种花朵

谁会知晓

是那么多的亲人汇聚成了人流

他们摩肩接踵的瞬间

有多少朵花瓣磕碰

有几个人

会像我一样

在大年初五的凌晨

把亲人一一领回家

2017年2月1日于建阳

一江春水向东流

我坐在阳台上的时候
一江春水正在我的身后
向东流去
溪水中央
有人一个猛子又扎进了深处

或许他也知道这溪水的私密
准备去打捞里头的私藏
比如一宿不眠的夜话
江滨的私语
还有那些有意无意沉下去
永不想浮起的心事
此刻,坐在阳台上
下午的阳光
正好照在我和麻阳溪上

而只有我和麻阳溪彼此知晓
它的身体里藏着整座建阳城
不小心翻腾
就会抖出湿答答的水西桥和鞍山
一如我静静地站在这阳光的午后阳台
轻怀想

龙舟池的白鹭浔江的涛声

浙江东阳的卢宅

岩城的白岩塔

以及更辽远的天空

都会挤到闽北这个二平方的阳台

和我围坐在一起

泡茶轻唱

话丰年

此刻，麻阳溪这一江春水

又开始向东

静静流淌

      2019年2月7日于麻阳溪畔

白岩山的月亮

——5月7日夜会岩城诗友

今晚，我拽紧单薄的衣角

云雾疾飞上脸庞

耳畔呼啸过岩石和猿声

身下是岩城图书馆报告厅的万丈深渊

回声时而蜂拥

忽然寂寥

在彼此的眼前

我们多像那些初夏雨蒙蒙的戴云山群

模糊着彼此的高度和树影的浓淡

却明了对面的郁郁葱葱

和影影绰绰

只要向彼此的方向纵身鱼跃

一次庞大的浪涌

必然溅起一朵盛大的荷花

或者更像一棵树

突然收到虬枝

无论凋落多少年

一触及树干

光合作用即刻嘹亮

只是今夜

你我都道不清彼此的姓名

忘了与谁相握

在山下的图书馆

我陷进的是三十多年前

在白岩公园里我躬身挖过的深基

今夜的我们

多像那些暂时裸露的根须

而白岩塔秀丽的剪影马上就要脱下

三百六十级台阶

即将滑出 1982 年至 1987 年

以及之后的日子我深埋的那段旋律

此刻,整座白岩山只顾雄起

只管堆积

忘了今夜

有几个兄弟站在上面就会有几个月亮

闪烁着时间内外的万家灯火

衣襟一起闪电般摆动

      2016 年 5 月 9 日补记

安良堡

——5月8日观桃源安良堡

从右边上去
我一级级地遇见了左边
从左边上去
我一节节地攀援到了右边
像左手一定会握紧右手
像你我
无论隔着多少烟雨
一级级
一节节
想着遇见
就必然相拥

而累了，立定中央
自下而上
我次第打开一把翩翩的折扇
乡愁在这一格
迷醉在那一档
轻晃
一千只鸟儿飞出
一万个月亮升起
而自上而下
我展开的却是浸泡过时间的双翼

万家灯火撒出

前世今生流转

在桃源的安良堡

谁踮起脚尖

就可以磅礴高飞

      2016 年 5 月 9 日

回岩城
——兼和梁兄

就活在上面
低调的翅膀接近天空
从城市和人群中飞过
我沿不高不低的路线回来
今夜,又歇息于岩城

浸回二百多公里的这场爱情
镇东桥依旧没有踱到对岸
当年以为
外婆会永远在满田春菜市场的对面等我
我只需带一个比梦大些的篮子放纵采撷就好
今天老屋倾斜
青涩的竹篙
在均溪河里若隐若现
小名仍在南门外的吊桥上摇晃

用尽了三十多年时光
一年用近七十公里抵抗乡愁
终究听见了芳联堡和安良堡里隐秘的脚步声
闻见了屏山茶园里蜿蜒的茗香
更望见了华兴万亩油茶园下
眠在云雾里老屋的闪烁

在白岩塔下的图书馆

我刚摊开三十年积攒下的那些诗句

一行行即刻被认领回家

回大田

闭上眼睛飞翔

大仙峰也会让路

乡音又来敲门

我只把岩城的夜色再掰下一瓣

放进洋地瓷厂制的壶里

今夜,我那爱唱歌的奇韬女同窗

又会唱响透亮的《妈妈,再看看我吧》

我们又是不醉不归

2016 年 10 月 11 日

在仙峰村

在华兴乡的仙峰村
我遇见两株树
它们聚在一起的时候
我年长的乡亲也聚在一起
他们谈着具体的时间地点和情节时
叶子在他们的上面摇了一次头
又点了一下头

不像我担心的是下游造纸厂的风向
以及正打量着这些旧民居的造型
当一大片白云从头顶上经过
我想把树冠和屋檐迅速推上去
想见着它们呼啦啦扯出闪电
将乡村片刻照耀
或者想即刻攀上后山腰
俯瞰云下的仙峰村
村里长长的溪水正绣着"7"字形的蕾丝花边
我的乡亲像包围在里头的荷花和鸳鸯
只顾按季节开花和游弋和鸣
不知道我正想划舟在潺潺的溪水转角
果断遇见爱
更不知道我已将这方乡音弥漫的锦绣

翻了又翻

想着如何让它如何飞转起来

升腾到它应有的天空

一位老汉突然从里头出来

朝我微微地点点头

他问候我"来啦?"的时候

像我就是他跋山涉水回乡的浪子

递过一根皱巴巴的"中华"

我们头挨着头

在满树喧哗的晚风中

在满山谷山歌骤然回荡的晚风中

我们紧紧地呵护着掌中刚刚升腾起的小火苗

互相点上

      2016 年 10 月 17 日

通驷桥

杞溪村的通驷桥在水上卧了五百二十年
我们却不像落叶或者鱼从水上来
我们是水声传递了几百年才收到的潺潺
四匹马齐刷刷通过之后
蹄声隐遁
远山寂寞

我们是之前驾马的那些人?
或者是廊桥里四行四十根柱子间不停变幻的哭笑声?
风雨在桥外交加
谁和我此刻一样将手扶上栏杆
感叹一只黑色的雨燕
正从桥洞里穿过
满眼桥外的青山
似正燃着火
或者笼着烟

或者等了五百二十年
也没等见那人归来
不像我苦候二十八年就握住了妻的手
妻仰望着斗拱里仅存的龙头
打探着另外两条龙的去向

曾经戏耍的那颗龙珠

更不知去了何处

又照耀了谁的日月？

不期而遇的通驷桥

我们经过的时候

是突然跃入廊桥的水花

抑或是镌刻进廊柱上的结跏趺坐

或者又是谁的梦

遗失在此刻，又烟雨缭绕

       2016 年 10 月 17 日

访横坑油茶籽园

烟雨中,那些油茶籽漫山遍野地摇晃
叮当的声音一下子唤醒山谷里的老屋
它们蠕着困倦的身体
陆续到田埂间洗漱
一两声鸡鸣之后
又一批油茶花在我身后
次第播放出清脆的消息

那是我童年时眷念的小动作
蜂悄悄酿在蕊里
捧一盏仰脸轻啜
整个肺腑里茶香顿时缭绕
最喜欢把一瓣瓣茶苞轻嚼
那些即将碰撞出的喑哑
一阵阵凋零在身体里
当时以为动静来自天上
仰望天空
依然降下当年的雨丝

漫天的雨丝此刻又落了下来
握着伊的手
举着小伞翻山越岭来看你

四十年前的我依然在你铃铛的晃悠下安眠
偌,那就是我当年的补丁衣襟
那就是我踮起脚尖时脚上的褐色塑料空气鞋
伊紧紧依偎在我的怀里说
望见了我眼中有一片天空
蔚蓝游弋

"咯吱""咯吱"扭动的声响此起彼伏
忽然间,深谷里的老屋排起了长长的板凳龙
地动山摇
油茶籽园原是它含在嘴里的绿宝珠
10月6日的拜访
我们多像那珠子刹那的闪烁

        2016年10月18日

致屏山的芦苇

一路上,一大片芦苇从停车处
一直跟我到山坡
或者是我追着芦苇
就寻见了乡亲

有十八年,我们一起长得瘦削
灌溉我们的水
潜着石灰岩垢
谁"哎呦"了一声
每一株芦苇就会在风中蜷缩

之后,我用三十年去塑所谓的自由
譬如落地时的懵懂
踩在脚下的破碎
浸在海水中用力地发芽
以及飘摇得浪一般忘形
唉,这满山谷正午的风
早已忘了

2017 年 12 月 10 日
只铭记我又进屏山的日子
漫山遍野

我才微霜两鬓

芦苇呵我的芦苇

居然一夜之间都染白了头

拥在风中

我们拥得发抖

我们真不应该呵

让故土青山绿水

我原本想独自老去

2017 年 12 月 21 日

致广平的银杏

——遥寄第四届"大田·集美"山海诗会

我们来的时候

银杏在上

诗歌在下

我们从山里

从海边拾得的意象

无论多生涩

此刻一亮出

便会熟个金黄

而多完整的一次诵读

都会在纷纷的银杏叶片中零碎

依次回到写就的呼啸

推敲及灵感的击中

和最初的第一行滚烫

而 17158 公顷的广平镇

只派出五百株银杏我们便醉了

扶稳沧桑的枝干

我们便道出了心里深藏的秘密

平时流淌不出的光亮

一片银杏叶砸到发梢

我们便从身体里

扑拉拉放出

我们离开的时候
每一片银杏叶
都希望落在我们身上
或者铺开一条乡愁浸透的金黄地毯
而累累诗歌在上
结满枝头
不再是大田山岚里的风
或者集美的海啸可以吹落

    2019 年 11 月 24 日于海沧汇景雅苑

在岩城,遇见茶

在岩城,遇见茶
便遇见了山
听见了鸟鸣
遇见那些踮起的脚尖
绿油油的
邂逅水就舒展开来
在杯里
踢出声响

我又看见了小小的我
出没林中
一会儿在茶尖上
一会儿在茶苞下
我们相互掩护
轮流出击
交替加入了一场场
风烟乍起的时光之战

后来是我被海诱惑
丢了满山遍野茶林的掩护
在起伏的浪尖
只能靠打开一枚枚皱巴巴的铁观音

像一次次展开逃生路线图
才得以转危为安

三十年后再回岩城
我更像一枚珍重多年的茶叶
又回到滚烫里
我舒展的时候
故人嗅到了积攒的香

其实,今天在场的每一位诗人
就是一枚枚茶
都渴望冲进沸腾的生活
都会让亲近的人
脱离一会儿具体的柴米油盐
去一趟高处
会一次仙子
从此知道自己身体的小
也可以舞出无限宽远的衣袖
去搅动一些风云

遇见了茶,在岩城

2016 年 8 月 13 日

比如武陵安

突然来到一个地方

比如武陵安

像一次飘

挂在了林大蕃故居前的旗幡上

或者眠着林友梅的那一片树阴

伙伴们只管排成行在台上朗读

我的那些句子突然明灭于天光云影

里头囚着的居然是那年

帮父亲誊写档案资料的小小身影

此刻,谁又突然推开党史办

那扇满是裂缝的木门

一排浑黄的阳光正斜斜地

静静地撒在少年的发梢

1945年的战火和枪炮声

一次次突破了稿纸上的方格

闽西北特委书记林大蕃

和闽西北特委妇女部副部长林友梅牺牲时的鲜血

好几次都快从我誊写的指缝间渗出

当年只顾呼吸和急促地心跳

像郊外肆意打开的木槿花

和在上面自由欢舞的蜜蜂

不知泪已经落进花蕊

闪电已经收入酝酿

已随风尘荡漾

直到三十年后

伙伴们那么甜美和激昂的声音

突然在武陵安响起

我才知道我从命里掏出的

已是成形的力量和光芒

凝着乡愁的色泽

2018年1月19日

山海烽火情

从此刻往闽海之滨漫溯
顺时间的蜿蜒
我们依旧可以望见
那些燃烟的步伐
从厦门往闽中岩城
三百多公里风云里
激情跋涉
师长的手拉着青春瘦弱的手
温暖在血液里传递
披荆斩棘
力量在紧握里流转
一路弦歌
旋律嘹亮
向大田!
向大田!
安溪的群山听见
永春的溪水听见
十八格的山路迂回曲折里回荡
一腔薪火传承的呐喊
满怀一往无前的信念

是光芒总会照亮黑暗

越是轰炸

"诚毅"之光越是闪耀不息

大田的大街小巷响起了一浪高过一浪

集美师生怒吼的抗战呼号

而当文庙校址被日寇战机盯牢

淳朴善良的城郊玉田人民

不顾自己安危

向集美学校张开大爱怀抱

没有校舍

就打开自己温暖的家门

玉田人民深情地说

"你们都是我们的孩子"

没有教室

就收起大堂上供奉的祖先牌位

将厅堂打扫得敞亮

深明大义的人们知晓

玉田的厅堂从此供奉的是——

中华民族青葱的未来

从此,均溪河畔、路亭内外

简朴的民宅农舍处处书声琅琅

镇东桥的曙光

一次次照亮晨练师生坚定的步伐

当敌机轰鸣

仙亭山迅速展开茂密的翅膀

师生在森林课堂里泰然自若

三五成群手捧书卷

琅琅诵读,激情讨论

苦练专业技能

航海水产的师生在河心深挖蓄水

用木条自己打制练习跳台

一次次迎风飞跃

旖旎戴云山脉

"秩秩斯干,幽幽南山"的亮丽抗战教育风景线

就此镌刻下了集美师生传承民族文化薪火的不息身影

被大田人民拥入怀抱的集美师生

如鱼得水

而鱼水深情的动人乐章

更在闽中传为佳话

乡亲们见学校闹饥荒

常常把师生带进自家的厨房

从锅里端出了省下的地瓜和稀饭

师生更常常在餐后

在饭碗下、灶台的锅铲下留下感激的铜板

而当学校上课的哨声响起

乡亲们都会自觉放低劳动的号子

往返的牧童暂停了歌唱

追逐的少女也停止了嬉闹

乡亲们常会走进学校帮助劈柴、挑水、采药治病、协助生产自救

师生们更常农忙时到田里帮工、挥汗如雨

集美职校二十余座校舍没有围墙

近八年与玉田乡民夹杂而居

从无村民滋扰教学秩序

也从未出现过师生们扰民

无论时局如何混乱、生活多少困顿

玉田村民路不拾遗、夜不闭户

集美学子彬彬有礼、秋毫无犯

勤劳、忠厚、善良、淳朴的民风

和严谨、勤勉、上进、文明的校风交相辉映

奔腾不息的均溪河

松涛回响的仙亭山

见证着一首感天动地爱的赞歌

如果说集美师生来到大田

带来的是文明的薪火

抗战的精神

革命的种子

和青春的澎湃

那么,大田人民在抗战最艰难的时期

赋予集美师生的则是

土地的肥沃

森林的茂密

生活的广阔

和无疆的大爱

沿时光漫溯

向未来展望

今天,大海的波涛依旧生动

大山的松涛回响依然

而壮美的闽海作证

绵延的戴云山作证

大田人民和集美学村的山海之恋

集美师生和大田人民在烽火中结下的鱼水深情

必将在新的岁月长河里

交响出更加嘹亮的音符

2017 年 1 月 20 日于集美学村

第二辑 邂逅之乡

坊巷谣

——应邀为第二届丝绸之路国际电影节创作

离家多年
总把黄昏的星点
望作了小橘灯的摇晃
总以为沿街的橱窗
定然坐着一位青衣的描眉
总把淅淅沥沥的他乡雨
拂作了婆娑的榕树须
总以为躲在里头
就能找见
母亲当年亲亲的呼吸

回家!
我要回去!
今生,无论千山万水
风雨交集
我要找回榕树下那遗失多年的呢喃嬉戏
去幽深的衣锦坊
再敲一回水榭戏台上的锣点清脆
烟雨迷离中
泪眼矇眬里
谁在拥抱?
谁再分离?

谁又在静静的郎官巷里
撑开了那一把把
唤作故乡的油纸伞？
今宵,不愿醒来
因为母亲又提着小橘灯
站在茉莉花下
将我的乳名
一声声一声声
唤起

2015年9月26日

崇武古城

今天,我们在崇武古城
找寻二十五年凝固成的那块礁石
它发黑了吗
不知迎浪是否破碎
有什么会在上面雕刻下痕迹?

我们身边是一次次蜂拥的浪
重复着二十五年前年轻的誓言
一尊尊石雕像纷纷站起
抢着发言
南腔北调
用着我们旧日的容颜

而古城墙依旧沉默
潮汐和台风都熄在了墙根
我们所谓那么巨大的忧伤与快乐
它依然为我们守口如瓶

好吧,崇武古城
一天半小小的欢聚反正我已经铭记
我记得走进古城遗址时下了雨
和金通、我翔同学一起

将一壶红茶的玫瑰色喝上了脸
在西沙湾酒店里
我们按惯例以酒为马
答答骑进了我们用二十五年时间想抵达的驿站
一地落花
第二天醒来一头疼痛
才知二十五年后的磕碰
比古城墙坚硬

崇武古城
一块不知名的石头就这样埋进了浪里
连同我的一个小小秘密
希望你的沉默一如往昔
年年岁岁
你,完好无缺
一道痕迹
已雕在了我们的怀里

            2015 年 8 月 16 日

观漳平永福樱花

我抵达的时候
云很多
茶很多
花很多

她们那么轻盈
一会儿在茶尖上跳起芭蕾
一会儿在山巅上明灭
一靠近
一群群将粉色的妆仰起
旋转,颤动
纷纷往我身体里窜
像一绺绺瑰丽的痒

也喜欢独自溜进茶林中央
模仿静谧
她们不知道
茶已在身下缭绕,汹涌
品味的
正是她们刹那间的弥漫
和紧接着的消弭

唉，我的心这一刻有多乱
漳平永福的樱花就有多芬芳
茶就有多么绿
云就有多么远

        2016年3月8日

中午,去角美会黑枣

他仍坐在"新书店"的一角
为我们泡茶时
他面前的石磨茶盘一下子就烟雾缭绕起来
角美俗世里的那些神
纷纷进入文具、皇帝菜、菜头粿
以侨兴街口的叫卖
摩的穿梭以及载土大卡车的轰鸣
开始在里头忽隐忽现

我把我的诗集交给他后
就在一个干净的书架上
被一排排文具、小学辅导教材此起彼伏掩护的后面
找到了他自己的诗集
它们如果有手的话
也一定想帮助遮掩一下脸面
只是角美的阳光以及月光
早已照到了这里
循着光线
我们就遇见了

他侧过身在给我的书上签名的时候
我看见了他耳畔的一排钟

时针分针秒针密密麻麻

指向角美各个方向

摆出角美每一个从他的诗歌里

脱落的崭新时间

        2016 年 4 月 6 日

铁观音

——忆 4 月 8 日访安溪

西坪镇那些小小的芽

独步红色的土

穿透石头

又路过风雨

从铁里挣脱

只为向海拔近千米的无垠江山

掏出怀里的嫩

又怎知会被谁一一领回老屋

从晾晒中安回骨头

以刻意的摇晃让伤更伤

用静置放出些许疼

又将灼热全部挤压进小小的身体

在众生的最低处

拼凑回了坚硬

直到我将这些小小的铁

投进精心挑拣的杯盏

看这些合着的观音的掌

一一打开

我终于看见水灵灵的嫩

从轮回里

又被次第放出

嘟起娇滴滴的唇

似期待千年后的吻

殊不知只一刹那亲昵

我即刻攀回了近千米的无垠江山

抵达飘逸

我,也就此作了安溪

那些小小芽的梦

或者正是一枚

编号"4月8日"的铁观音

       2017年4月14日

汀江源探亲记

一

仰头,扑面而来三千尺
是起伏的绿
满山谷溅起的
是扑腾的鸳鸯和雨燕
一枝倒伏的金桔
和被围困于水中央的孤松
互道珍重

而泡桐的叶子其实正安然地立在枝上
虎杖把酸暗红地滴在笔直的杆壁
拟赤杨把淡紫的花朵披作出嫁的纱巾时
一条长春藤在杉树上拼命向上游
光的汪洋
在空荡荡里惊涛拍岸

我何尝不是站在2018年清明的枝上
携带妻女和父亲
不偏不倚地漫作汀江源的茂盛
越深入
亲人越多

跳舞的表妹多了铁芒箕

和纷扬的山樱花

桂花树籽淅淅沥沥抖落深紫色的黄昏雨

其间唱歌的有白鹇和桑葚

我一开口

回声嘹亮

一首恢宏的阿卡贝拉此起彼伏

里头探出断枝还魂草

高亢的雄蕊和鹞鹰

还有火红的闽西乡愁

而 7 日上午

我坐在回厦门的 D3137 次动车里

才知道我们仍坐在一汪向南的汀江

沿路下车的

是拐入支流的石子鱼儿和落花

而我们从此

也知道了兄弟不只在车窗内外

远处的山峦浓雾弥漫

浓荫朦胧

布谷声声

那是我辛劳的姐妹又在歌唱

从此,用命伴我一路

生起的

绵延无际的炊烟

2018 年 4 月 7 日于 D3137 次动车上

二

我们乘车抵达汀江源的时候
虎杖在路旁晃着苗条的身姿
泡桐在坡下散步
拟赤杨在山腰
试着一头洁白的面纱

一天的时间
我们聊得那么起劲
用着各自的方言与手势
忽而沉默
小溪潺潺
一会儿笑个不停
哗哗的山风
拂响所有的叶子
和裙裾
漫过山尖的云雾
刹那间找不见了我们
我们走进彼此心事的时候
其实正用着彼此的身体
捉迷藏

只是车子启动下山的时候
我仍在坡下散步

妻还在路旁扭着自己苗条的身姿

丫头正试穿上那套洁白的婚纱

跑上山腰

挥手道别

透过渐远的车窗

我们彼此凝望得那么清晰

更看清了彼此从前的位置

虎杖靠在司机的后座

揉着发酸的腰身

泡桐挨着打盹

而拟赤杨一次次

将枝桠伸出车窗

和山上的我们挥手道别

鹞鹰和雨燕

正一阵阵

在我们向彼此互道珍重的呼唤里

起起伏伏

2018 年 4 月 19 日补记

桂湖之畔

雨落的时候
咖啡遇见了茶
茶唤了酒
桂湖开始摇晃
有影子密密升起
些许喊我
更多忘了名字

突然抵达的夜晚
都没有带伞
十七八岁的旧人儿
从我们的身体里纷纷挣脱
领我们往雨里走
雨一滴滴
一次次从脸上滑落

桂湖之畔
今夜,我们注定要端起这一杯
里头有雨
有茶
有咖啡
还有酒

轻轻晃了一下

很多味道开始打架

拥抱

飞翔

相碰的那一刻

响声是今年最响的春雷

惊了猫

蝙蝠

鹧鸪

和梦

我们一饮而尽

有无边的冷热

花香鸟语

以及遗失在前世和未来的字句

瞬间从胸中

铺展开来

2019 年 3 月 24 日写于 D6219 次动车

塔斗山

知道即将经过才滞留过三天的枫亭

庙仍在山脚趴着

观音在山腰又装了一瓶水

而万寿塔又将独自在山顶踮起脚尖

以为夜色大朵

刚把塔斗山这一切都含在了蕊里

即将盛开在车窗外的呼啸中

谁知八十岁高龄的父母登山的脚印太用力

踩落的星斗又漫天滑落

兄弟姐妹们的呼朋引伴太大声

一缕缕依旧括起穿过心头的风

而丫头和妻依然穿得玲珑

随时又会拉我的手

一起追上跟前亲情的浓稠

谁知都有着迅速的尾鳍

以为彼此抓进了手心

其实早已滑入苍茫

只剩车窗映出的一双空洞的眼眸

所以那些正在车窗外即将爬塔斗山的人儿

记不得我们正月初四上午的温暖也罢

请你们此刻一定将对方铭刻于心

仔细看牢

因为今晚没有月色

可以再漫过山头

     2018 年 3 月 13 日于回厦 G5303 次高铁

诏安的梅花

诏安的梅花有着好心肠

知道冬天寂寞

天气再冷

也要出门

衣裳再薄

再老式

也要鲜艳

她们都是爬树的高手

再高的天空

也要上去绽放

再脆弱的细枝

也要用力跳上去点缀

她们又是访贫的使者

再简陋的角落

也去盛开

再小的心情

也要去倾听

她们最爱写诗的人

知道他们内心芬芳

怕他们挑时间和地点

只想着独自开放

于是不管不顾

在他们必经的沿途

开个荼蘼

无数次以摇曳和凋零的姿势

启发和暗示

诏安的梅花

你满树满园所有的叮咛

我们都听见了

人间有冬天

就需要暖色调

只要还存在寒冷

就需要吐露

这抚慰人心

从血液流淌进我们身体的芬芳

让我们开始朵朵绽放

并会延续这份绚烂

蔓延剩下的天空山河

将万家灯火点燃

人间这棵庞大的千头万绪的树

我们会像诏安的梅花一样

用尽一生

熊熊缭绕

2019 年 1 月 13 日

约会泉州

刚要出门
雨声大作
泉州,在那一头开始淋雨
我三十二年后的同学
在开元寺的檐下
一次次伸出手去
尝试推开雨作的栅栏
领那些亮晶晶的旧事进门
烘干

恍若又搭上当年的城际长途汽车
车窗下的每个人
都被我安上同一个名字
每一次转身对视
那么陌生的眼眸里
皆围着那一场硬邦邦的告别
东西塔当年弱同芦苇
根本无法掩映青春的瘦

自驾抵达之后
我们纷纷落座苏廷玉故居
看旧江山和老故事

正压在石片里

都扁扁的,一一挂上老墙

那些远逝的杂沓以及犬吠

那么用力

已被消了音

而随着长征兄一起捧起面线糊

第一次感觉到半生的胃

舒适温热

一群佩戴鱼袋的人

一次次尾随我们出没金鱼巷

而整条中山路的骑楼

正被脚手架包围

如圈里的老马

它们答答的马蹄

踢得四壁回响

而泮宫门上的老水泥飞檐

早被搬运到广场展示

檐下的西洋小天使断了腿和胳膊

其中一个

还不知飞去了谁家

临近中午,张明兄如约推开小西埕创意小门

我们一起从白岩松

"泉州,这是你一生至少要去一次的城市"语录墙下走过

走进1915年老屋

几张当代油画已画出一个门

好像想让我们和老屋一起进去坐坐

而我们却以最快的步子

鱼贯而入古船陈列馆和弘一法师纪念馆

我举起折扇时

大宋王船晃了一下

老照片里的李叔同也挥了一挥折扇

抵达闽南文化交流中心时

阳光正艳,才发现

当我们一起围坐在闽南功夫茶之畔

才听见最华丽的涛声

驾车道别之后

从后视镜里

见老同学和友人携老迈的东塔

还在西街向我眺望

一路刺桐无花

而我一直记得后城古街祖师宫里被香火熏黑的香炉

祷告之后,谁又持一炷缭绕的香

站在各种形状的巷口

看得见和望不见的街头

听时间轰鸣

2019 年 8 月 18 日

白马河畔

问了两次白马河的名字
今晚,其实就是怕忘了
当心跳上扶栏的夜猫
将刚才的画面叼走
将一片空荡荡
留给还将来这里的榕城友人

到时候,如果还是清凉的黄昏
还是这样快下雨的白马河畔
四张白色的靠背椅
空空地坐着一两片落叶
靠着愁绪
而我又远在海水吞吐的厦门
谁来拯救行将凋零的桌灯
拼凑今晚这些参差不齐的私语?

白马河的水只管一如往昔地流
在我们从未抵达这里之前
在今后所有的时光
拾掇起各自大小不一的脚印
用心放进彼此茫茫旅程
白马河的水

就渐渐涨了
谁还会像我今晚一样
在河畔
和蹲守在扶栏上的夜猫一起
静静凝望?

2018 年 5 月 8 日

又去榕城

一场五月的暴雨
在动车外密密地织着
这么急匆匆的江山里
谁又是灰蒙蒙里举油纸伞的那人
如雨燕
突然站定在我水流湍急的车窗一角
又即刻被冲走
我是顺流
或者逆流？

这般苍茫里
为什么此刻你必须在河岸张慌
他会在黑色屋檐下躬身
滴水的站台上谁一次次挥手
告别的是自己
还是又将启动的时光？
我只觉得两旁的山和房子正凄厉地私奔
来不及携带上小叶紫檀和满室灯火
在一小朵乌云不动声色的俯瞰里

去榕城而已
从厦门北站出发

两座城之间

原来居住着无数的雨滴

和私语

我正从中间经过

如一道平躺的闪电

不是我光彩照人

是我瞬间沾染了沿途的人间烟火

2018 年 5 月 7 日下午于 G1656 次高铁中

榕城之名

榕城是肉做的
捏着会疼
冷的时候会感冒
喝多了
会醉

榕城是三个分身
两男一女
都有名字

叫"志珊"时眼睛呆滞
却用近二十年的时间
把想象全部泡进颜料
将寂寞一次次
描出原形

叫作"严华"时
迅速滑进酒肆
将携带的诗句一字字抖进杯子
一饮而尽
骤然清醒

而回归"心雨"或者"张岚"时分

全城的灯光

陆续昏黄

她将咖啡杯子晃了晃

五四路霓虹

东街口的肯德基店

即刻斜向一个角度

只有我看见了

闪烁的牌坊

而最不愿将榕城唤作母亲

二十多年里

将一生的痛统统放在省立医院心研所 ICU 病房

是那样破败地躺着

只用那双慈爱又呆滞充血的眼神

用最虚弱的声音发出：

"儿子晓春"

"晓晓——"

无情地让那个日子阳光普照

财政 8704 班的同学们陪着我时

轻烟缭绕

榕城其实是一首可以呼出的诗

有湿漉漉的韵脚

突然的放浪

当榕树颤抖着榕须

一朵朵茉莉花

将谁的脸盘掩映作香的模样

2016 年 7 月 13 日于榕城

榕城晤友

到站,他下车的时候
我看见一整座榕城的夜色已在候他
忽闪的霓虹凹凸其性感的曲线
掠过车身的电动车似晚礼服上蠕动的纹
扶着站台醉吐的声音
从裙角上又划出一处痕
似戴着的最昂贵的项链
那一串含着发梢低低的抽泣
而忽闪的那颗远星
多像其缥缈的眸
让我想起刚才的欲言又止
烟草弥漫
音乐凌乱
以及我们一整夜
再也无法名状的青春
挥手道别
他的背影顷刻模糊

或者陪我一整晚聊天的
原本就是从榕城剥落
跟我私奔的一角夜色
我们多失败

一夜狂奔
还是将彼此送回了原点
我重新掏出那把抚摸得发亮的钥匙时
他,埋回苍茫

        2016 年 7 月 15 日

拼 命
——观婺源油菜花

2015年,我给这漫山遍野油菜花的命名
就是——拼命
声嘶力竭的呐喊从江岭的山谷
一直回荡到苍穹
一万只黄鹂此起彼伏地鸣叫
肥厚的波涛扑面而来
我突然有了摇曳的腰肢
想在这绵绵细雨里集体舞蹈
接连不断掏出身体里全部颜色
都暗淡不堪
舞步凌乱
只得一猛子扎进去
往这醇厚里洇
一会儿冒出头
引领万千澎湃
一会儿埋进深处
团作旋涡一泓
我们拼命想拥入彼此的怀里
投进彼此心里
只为躲避
离歌在暮春里奏出的凄厉
婺源的黄花啊

我们如此拼命

只为了你能记得

我们来过

并且曾经邂逅

                      2015 年 3 月 17 日

东瀛之旅

樱花树上没剩一朵花

我们抵达时

那些短暂和唯美的嗟叹

我无闲拾掇

树下空无他人

唯我们一家

妻子想着一盒白色恋人饼干

从下面经过

身边伴来一只白鸽

悠然踱着步

后面跟着两三只灰雀

从国立博物馆出来时

浅草寺有人来不及穿上挂在雷门上的草鞋

就下了地

东京塔孤独地立在夏夜里

穿着闪烁的和服

而皇居二重桥前面的广场铺满碎石

谁在上面

再也无法奔跑如飞

丫头最爱清水

樱桃小丸子还在故乡

和童年一起候着

她在小丸子教室的黑板上写下中文邀请函

还到小丸子的屋里小坐

探讨误点起床着急上学时怎样尖叫

爷爷奶奶又用当地土话

不停地唠叨

我们是提早一晚住到了富士山下

她一定不知我们已悄悄浸泡在她滚烫的温泉里

抵达五合目的时候

她还没睡醒

直到我们坐在山中湖的白鸟船上

她才匆匆拉开云雾作的帷帐

得知我们早已下山

她才知晓今晨未醒的梦中的那一阵阵撕心裂肺

皆因有人一次次向她道着——

"沙扬娜拉"

她那么忧伤又拉紧帷帐时

天空开始飘起了雨

而我偏爱奈良的神鹿公园

一只只梅花鹿如家犬般亲亲相随

它们不知道鉴真大师还在东大寺中设坛授戒

滴水的眼眸牢牢守望着我们

吸吮一支抹茶冰激凌

最后我们走进了大阪城公园

在天守阁的俯瞰下

轮流在泥土还新的"时光胶囊"前拍照

我们听见了深埋在身下

希望封存给五千年后的低语

松柏间透过的阳光

正热辣辣地

将 2017 年 7 月 24 日的我们

镀上金色光芒

我们离开的时候

依然看见

所有我们六日里出入过的商店店员

齐刷刷地站在我们已经起飞的厦航舷窗外

鞠躬,挥手

我们怎么也看不清

彼此的眼眸

隔着设计得那么厚的玻璃

和时隐时现的云雾

2017 年 8 月 4 日于建阳

我在武汉

其实,今天无论你我在哪
我们真正的位置
都在武汉

当穿防护服的母亲
和戴口罩前来送饭的女儿
张开双臂
隔空拥抱的时候
我是在武汉
为她们擦去噙在眼眶的那滴眼泪

当载着妻子的驰援汽车
在风雪中启动
我是在武汉
将七尺男儿挥别的声声呼唤
清晰地传递
"我爱你"

当年轻的护士
坐在椅子上剪去一头秀发
我是在武汉
将她朴实的话语

动情地珍藏——
"我连命都交上去了
更何况头发?"

当看见防护服上亲爱的名字闪烁
我是在武汉
亲亲喊出彼此的名字
那匆匆的拥抱
足以安慰彼此又泛起的无尽相思

当医生和病患隔着玻璃门窗
举起用力涂写的纸张
我是在武汉
极尽滚烫的打开那两个字——
"加油"

我是从风尘仆仆的军用运输机里下来奔向武汉的医护人员
更是一名正在奔赴疆场的战士
"不计报酬,无论生死"
我是按在武汉大地请战书上的火红指印
我是武汉猎猎战旗下举起的坚定右手
我更是武汉护目镜里滚下的汗珠
防护服脱下后那一身的湿漉漉
我是不再光滑的脸庞上那一道道深深的口罩和护目镜的痕迹
更是武汉每一台手机屏上亲人的一句句叮嘱
和互相理解的挚爱眼眸

在武汉，我还是一枚迅速加固火神山和雷神山医院的螺丝钉

我是风雨中送菜的快递小哥

更是每个居民小区贴心漫上额头的探温器

我是乡村田头有点高音的喇叭

更是每一道路口为了安康暂时放下的隔栏

我是海外游子用专机从云里雾里寄到武汉的医用包裹

更是日本、韩国和白俄罗斯等世界友好国家送抵武汉机场

情意满满的口罩消毒液和防护服

其实，今天我们都在武汉

无论是全力以赴的医生

还是在病房里和病毒搏斗的病人

都是我们的兄弟姐妹

我们的亲人

今天，我们每一个人

都是武汉人

都为每一个确诊患者揪心鼓劲

都为每一个出院患者献花鼓掌

更向每一位挺身而出奔赴一线的兄弟姐妹致敬

病痛时一句暖心的话语都会是一剂良药

困难时伸来的每一个肩膀都能让疲惫消散

为了武汉

为了我们的兄弟姐妹

为了我们自己

更为了我们的祖国

让我们奉献出自己的爱和力量
凝聚成武汉最坚实的支援和储备
让爱和担当点燃春暖花开的希望

其实,今天无论你我在哪
我们真正的位置
都在武汉

     2020 年 2 月 9 日于海沧汇景雅苑

情　愫

——献给央视中文国际频道《中华情》

那是荷叶掩映不住的采撷

马头墙遮挡不住的灯笼高悬

在血液里簇拥

年年岁岁

唯在夜里低吟浅唱

游千年距离

蠕进莲心的苦辛

此去经年

韶华已逝

谁将池塘一一唱晚？

知否？知否？

爱情太小

只够一家

我更想将万家灯火点燃

让燕尾檐角扑打

倒映出我们心中火红的中华情

越千山万水

于东方

灼灼

无边

2015 年 2 月 13 日

第三辑 亲爱之邦

鹧鸪鸣

一些池塘
旧得只剩枯荷
想划兰舟的人
刚从褪色的窗花上下来
朝池中央吹了一声口哨
一只断翅的黑色蜻蜓
迷途般跌出

我怎么抄那么近的路
又见到了三十多年前斑斓的池塘？
兰仙姐的独轮车
当日推着东阳的整个田原
从绿油油的麦地边"依呀"而来
姐姐仰起淌着汗滴的脸唤我
整池的荷花瞬间打开
好多彩色的鱼
舟一般连续滑出

姐姐其实是站在池塘旧址上唤我
我们此刻终于并肩
站在已被掩埋三十多年的硬邦邦的池水上
那年的风依然吹来

我们轻轻晃动

模拟着那两枝已折进模糊里的荷叶与荷花

或者

我们更像两只缄默得仅剩棱角的兰舟

在这个季节鹧鸪的俯瞰里?

浸在正漫上我们胸口的云烟

耳畔依旧清晰的

是整个天地间从三十年前

一直回荡至今的嘶哑——

"行不得也哥哥"

          2018 年 5 月 4 日

情人节

"你就是我的节日
有着巧克力的滋味
玫瑰的香"
我只以为巨大的玫瑰已弥漫
在彼此的身体里
如氧出入
从在一起的那天起
送给你的月色
滑入皮肤
那厚厚情书里的每个字
就是播下的金黄种子
从此遭逢的每一棵树
每一朵花
都蔓延着彼此的姿势和容颜
就像今天
彼此的坏和好
1997年
就随着那一眼不胜凉风的娇羞
都服进了体内
作了此去经年
那么默契的力气
和脾气

2014年2月16日

解　梦

你早晨醒来

激动地说

梦见屋里有一只老鼠

我让你去抓

鼓足勇气抓起

却是一只鸡

我告诉过你现在有禽流感

不能吃鸡

你问我梦的缘由

我指向窗外

又看见1997年的树下

在大田的老住宅外

一只鼠和公鸡

正在一个食槽里吃食

不争不抢

相安无事

当时我叫出里屋才是新娘的你

笑盈盈地看着

你把头靠在我肩膀上

亲爱的,那是我们俩的属相呵

十八年相濡以沫
天与地已经汇作一条彩色的地平线
叶子与花瓣早伸入了彼此的身体
从窗子进来的月光
和从大门取回邮件的你一样光亮
谁喊了我的名字
你都会脱口应答
就像此刻,你好奇地望着我
其实是我正惊讶地看着你

梦很凌乱
像不想泄露的天机
亲爱的,你的发髻斜了
让我为你去寻那把珍藏的檀木香梳

2015 年 1 月 16 日

梅

梅是我堂妹
她来的时候
总爱穿白色棉袄
她最爱唱老家的越剧
她一唱
就漫天大雪

梅很倔
不喜欢随着人流
总在偏僻里独行
她一站定总是那么美
她是唯一
背景是荒芜

梅身上总有淡淡的香
她经过什么
什么都会跟着走
只是越跟越跟不上
越跟越想落泪

现在的梅
开始有了点絮叨

总喜欢劝大家

去她认为的高处

上面没有沉重

她说

"谁沉重就会落下"

梅真的不是梅

她是我住在尤溪的堂妹

有时也不住在尤溪的堂妹

2018 年 1 月 27 日

接女儿

每个周五下午
从外国语学校络绎不绝出来的女生
都是一样的短发齐眉
红色校服,粉色拉杆箱
以及寻寻觅觅的眼神

只有我知道
她们小时候一定睡过父亲左侧的摇篮
一定听过妈妈自己讲得睡着的故事
一定在长大时突然的雨中
躲过父亲脱下的外套
一定在今年每周离家住校出门时
回头,对我们
欲言又止

有时候
我觉得她们都是我要接的女儿

2018 年 10 月 13 日

搬　迁

换一个地方
让财经大院暂时空出一个车位
晚归的那人
终是不知谢谁
他按了一下锁车键
以为谁还听得见
对面五楼的练琴声
依然流畅
只是这一夜的流淌
不会再遇到什么而溅起浪花
少了一次惊心的回声

跟着女儿
去我亲手送她去的另一处海滨
模仿着她独自扎进旱地的姿势
复习她吸吮稀有光线的动作
发芽,漫出细细的藤蔓
并且让她靠近月亮的时候
升起一朵暖色调的云

让她知道
天空不一定辽远

寂寞不一定独自
比风景更美的风景
也许就在一次简单的搬迁里
有着浓浓的不舍

2019 年 9 月 15 日

等

23 时，我每天准时

去和校门口的七叶树聊天

一起弯着腰杆

摸摸对方的衣裤厚薄

路灯纷乱

絮叨一般溅得彼此都是

只是它的话题总是凌乱

一会儿天上一会儿谁家窗台

当全校的女儿们齐耳短发

一样红白相间的校服鱼贯而出时

我又一次

被淹没进了彩色的溪水

女儿站定在高中晚自习的校门了

七叶树立刻挺直腰背

立在两旁行注目礼

溪流瞬间飘作翻滚的彩带

星星从头顶一直铺到了脚下

无边闪烁

我迎上去似乎接过了女儿沉重的双肩书包

一起走在其间

可我们的身下

分明有一个拨浪鼓在甩着旧声响

一套笔挺的职业装

正在我们的前方时隐时现

清脆的笑声和轻轻的叹息时近时远

满眼星光

弄花了谁的眼睛

午夜的晚风又起

不知从何时开始吹

又要吹向哪里

我连忙将并排走的女儿搂紧

女儿伸出她冰凉的手

拉紧了一下我的领口

2020 年 1 月 4 日于海沧

尤 溪
——兼怀大伯、三伯

一

尤溪,一个人的心有多受伤
才会见到这么多的溪水
一次次饱涨
恍若就会拆走一个个亲亲的身影

只有我们知道这些身影的厚重
里头有岁月落进的八十多年的尘
和我们曾经那么巨大的欢愉

今夜可是一整条溪水替我们的长哭?
潺潺潺潺,尤溪

二

要去远方吗?

即使放下如此珍贵的行囊
里头有爱情
茂密的故事
和割舍不了的呼唤

萋萋青草延绵

风从溪上过

满天流星划过树梢

似我回眸的瞬间

这就去远方吗?

2018 年 10 月 3 日

头七天
——献给永远的母亲

谢谢妈妈让我像您
这七天,我一直在照镜子
真的找回了您的喜怒哀乐

谢谢妈妈生了我
这七天,我一直捂着胸口
我真的触摸到了您曾经这样健康的心跳

谢谢妈妈,这七天您悄悄躲回了我的身体
您再也不用随身携带那么一整袋心脏病的药
您就从此纵情行舟于您刻画在我体内的每一条血脉吧
我们将共享每一次呼吸
和您早已安放好的每一个梦
都是您渴望的那种模样
老天也无法更改

凡间的妈妈当够了
您就投进我的心里
做我永远的妈妈
妈妈,我们再也没有永别

2014 年 11 月 11 日

今年春天所有的花都开了

妈妈,今年春天最先开放的
还是离我们家不远的爆杖花
她们依然从整面墙上冲下
想围绕着您
像去年春节那样
拥您照相

妈妈,今年校门口的桃花也开得茂盛
虽然您从没有到这片桃花林里走过
那种鲜红依然抵不过你说过的乡下屋前屋后
从前的那一树树娇羞
今年她们依然开得热闹
我和往日一样为您拍下了一组照片
等着回来放给您看

妈妈,今年春天我还去看了外省的油菜花
她们漫天遍野地拼命开放互不相让
四天的行程我花了两天来陶醉
还有两天我用来生病
您会说看个油菜花还得了感冒不值当
您似乎又帮我递过来两颗雪白的扑感敏
这一回我听话地连服了七天

妈妈,此刻开满头的是木棉花

她们一大朵一大朵地摆在我的天空

像您说过的一个个杯盏

一大早,里头盛满了盈盈的露

我不小心碰了一下那树

她们跌落破碎的样子

和此刻我心中的动静一样

钻心地疼

妈妈,今年春天所有的花都开了

包括和您同名的瑞香花

她们全部打开的时候我在其中

我在其中一次次地说:有什么用?

有什么用啊春天春天春天?

你们如此绚烂

妈妈却已经不在这个世上

去年秋天我把妈妈永远弄丢了

就在那个唤作"榕城"的地方

我再也无法带着她和你们合影和你们一起微笑

此去经年的每一个春天

只是花园里又有人唤起:

快看!快来拍一张!

好稀罕的瑞香花!

2015 年 4 月 1 日

呼　唤

妈妈,这是我第一次在这个位置喊您

去年喊您

我可以夸张地冲向您

拥您入怀

还可以捧起您轻瘦的脸庞

抚摸浅浅的体温

您会仰起苍白的脸

轻声地回应:"我的孩子!"

妈妈,我不习惯此刻在这个位置喊您

再次拥住的

只有您在电子相册里的忽闪

我的呼唤

唯有头顶的相思树听见

凤凰花听见

点起的这三炷香听见

香烟缭绕

一对鹦鹉从树上跃起

飞向苍穹

它们可是那年您喂养了一年放生的那对?

它们一定是去千里之外

替我

唤您回来?
带您回家?

妈妈,从此我再也不会将全部的鸟鸣
关在屋外
那一定是您披星戴月赶回来
急促的敲门

2015 年 1 月 17 日

另一种方式

母亲,您只是以另一种方式活着

这世间的粮食再也养不了您

您也不用再添衣裳

这儿的冷风再也吹不到您的身体

您只是可以随时进出我的胸口

在我们的餐桌上、客厅里随处打太极拳

您缓缓的脚步漫上墙

漫上这屋子的每一处上空

您会在此刻坐在我身边的沙发上

看着我写这首诗

您正搓着右下腹的肿块

问那是不是医生二十四年前手术时滞留在体内的纱布

您心脏疼痛时永远靠在卧室的床上

只是此刻您可以靠的地方更多

再也不只在我的车后座上抱着干瘦的小腿抽筋

更多的时候您从机窗外伴着我飞翔

母亲,您现在的模样再也与假发无关

只要您高兴

您瞬间就是我们头顶上的云,喝的水,洗脸时的毛巾

以及呼吸里的氧

母亲,从 2014 年 11 月 4 日下午 15 时 39 分开始

您再也不需要这人世间的呵护与伤害

从此您会好好的吗,妈妈?
再也不要儿子的忧伤?

       2015 年 1 月 16 日

人流依旧湍急

人流依旧湍急
我在里面拥挤着
他们那么多人地陪我前行
一点都不知道
从此在这人世里
我永远没有了妈妈相伴
杀进人群

妈妈,您是孤单地走了吗?
不给我一次机会再拥着您病弱的身子唱一句歌谣
您被手术后的病痛绑架
甚至无法给予我一次回眸
最后几次走进消毒水气味饱涨的特护室
您回应我们声声呼唤的眼睛
已像暮野里萧瑟的余晖

妈妈,远方那么辽远空荡
您一定要走得慢点再慢点
您可能遇见的每次拘拌
都是儿子拼命在拉扯您的裤腿
您可能袭上心尖的每一次虚空
都是儿子绝望地悲啼

妈妈,此刻我又回到拥挤的人流中
他们不知道儿子的心碎
不知道这一次我真的是独自前行
正像不知道您这一次也是独自一人
向着我们反方向前行
他们还会不打一声招呼地陪伴着我
有没有人也这样陪着您
汇入又一处沸腾的路口?

2015 年 3 月 12 日

我们开始有了距离

我们之前是住在一朵花里
你负责绽放
我缩作苞
我在你的摇曳里头晕
在你的静默时
吸吮月光

直到我也漫上了你的芬芳
你放置在翅膀之上的那些音符
开始像池塘里的游鱼
我才发现我长得太急促
你站得太从容

而此刻,就在这么静谧的瞬间
你把整个天空全留给了我
包括你用一生争取到的光合作用
今天我才知道
一朵花原本就只能住下一次呼吸
我是你最宽大的氧
你用断了全部的根茎

2014 年 12 月 26 日

爆杖花

那些爆杖花又开了
妈妈,每年春节
您都会站在前面照相
我们也会挤在同一个镜头里
春风满面
身后,声声脆响

此刻,响声又要扑面而来
我却再也站不到您的身边
这么一大面的石墙挂满爆杖
我们不知向哪聚拢
响亮之后
我们会在哪等候

天空依旧蔚蓝
藤蔓已然碧绿
像我从此喑哑的喉咙
卡在里头那么多的呼唤
就要满墙了
这湿漉漉的爆杖花
一朵朵爆碎的泪花

2015年1月21日

清明日

母亲,今天我们又相约来看您
薛岭山里
脸蛋依旧红扑扑
从人群中一下子就望见了我们
您挥舞了一下晨练时的红绸扇

母亲,一年您没时间触摸的味道
我们都和您喜欢的水果一起
一一摆出
在我们簇拥下
您静静聆听我们轮番的告白
一年的丰富与久远令人感叹
只不过您不再像三年前那样轻声回应
您微笑地听着
安静得仿佛您不在我们中间

我知道氧气不作声
桃花也不作声地盛开
母亲,您此刻不作声
早在我们的身体里生起了的炉膛
又一桌熟悉的佳肴摆下
炊烟弥漫了我们的余生

母亲,薛岭山地处这个城市繁华地段
领爱热闹的您来这儿
知道您很快又会热心地去教伙伴们舞太极扇
我们只是暂时分开
母亲,我们其实是勇敢地去分头寻觅
下回见面时芬芳的水果
以您教会我们的手势
披荆斩棘

2017年4月4日

父亲在阳台上培土修剪

父亲在阳台上
给一盆瑞香花培土修剪
我傍晚下班时从车里下来
看见枝桠间
一朵火红的夕阳正盛开

这朵黄昏的花绽放得那么清凉吗？
父亲的脸都贴上了
满脸通红
却安然无恙

母亲的名字叫"瑞香"
父亲搂着花培土
正对着瑞香花喃喃自语
还轻轻比画
发现我站在楼下
父亲笑着说
"修一修剪一剪
还是可以看的"
父亲说的是瑞香花
还是枝叶间的那朵夕阳？

我在下班的楼下
就这样静静仰望着
父亲正给一棵空荡荡的瑞香花
培土修剪

2018 年 3 月 27 日

2019 年中元夜

母亲,今晚满天都是您最后的那一声轻唤
"春儿……"
清辉匝地一般
三角梅纷纷散落
浪花迸裂
回声四起

母亲,今晚月亮有多明朗
您的面庞就有多清晰
您凝望孩子的眼眸
那么静
那么深
恍若今生那最空寂的井呵
辉映着我全部的忧伤

今晚月亮和我之间
弥漫着的翩翩翅膀
拥挤的云
汹涌的山
澎湃的涛声
母亲,您可知晓
都是我熊熊燃烧的思念

天上的母亲,今晚

当我吹灭最后的火柴

您留给我的全部珍藏

开始漫山遍野

天涯海角

离离原上草一般疯长

母亲,2019 年中元之夜

您的音容笑貌

光芒万丈

2019 年 8 月 15 日中元夜

第四辑 身体之域

端　详

天空，有时候就是我展开的绢
那些云啊星啊
其实是折叠里的绣
那些大地，也就是我口袋里的糖
有谁会走近我
我敢不敢递给她一颗？

我的感触如此仓促
像女儿匆忙跑出了考场
谁走过了
来不及收拾的卷子
孤零零的
在她的心跳里
正轻轻摇晃

我其实是想把这一身的忐忑安放
像蚕，把自己缓缓地吐进蛹里
怀着千丈的飞翔
不想看霞瞬间跳荡
我想仔仔细细端详
谁将它一缕缕挑起
缓缓蘸了写意
描晕了谁的面颊？

2012年4月19日

因了勃兰特的象

那么快
小小的身躯突然挡住了天空
又即刻放出内心全部星斗
谁在风里拂了一下长发
或者表情
在白梨花旁
绽开了那么一小朵
随即凋零的红晕

只是这个瞬间
也许我不在
那朵莲用一池碧水供养的蕊
沾染寂寥
如歌的啼鸣
在空山里
兀自进出
泅回树梢
扑打着空荡荡的翅

我不在
肯定是那一刹那
我所有的诗句都慌不择路

醉薰薰的他乡明月
将长亭短亭
泼满酒话
和悟

唉！太息无边
皆因
此生最应清醒的时刻
最嘹亮时分
错过了彼此

2018 年 7 月 28 日

押

丢在角落的木马
仍在听
结着蛛丝的蹄音
一颗比一颗艰涩、瘦小
忽明忽暗

唉,暂时的耽搁
像丢了温度的火苗
炫舞得越高
大地越冰凉

而我的目光有了模糊
那些亭台的檐角钝了
钩不住月
之后,星斗正浩淼倾卸
如雨

把身后的孩子放过去吧
别擦拭脸上的汗滴
停歇的木马
早就连着筋脉
那些走失的温暖

只是些许风筝
火光已线条一般喷涌
牵引

而我,何尝不是奔袭的步伐
不能停滞的水
当我把铺天盖地的空气押进字里
天地间
骤然泛起
平平仄仄的呼吸

2013 年 5 月 15 日

垂钓者

手握一线炊烟

袅袅

临渊,钓

一头顶游弋的星斗

不自量力

一顶破斗笠

遮着额上

忽闪的光芒

小舟悠悠

瘦削

如他的倒影

或者他才是鱼

缥缈里

被落下的斑斑点点月光诱惑

芬芳,沁人心脾

不肯放松

唯一的一次跳跃

像这次畅饮

居然就是失踪

小舟悠悠

空荡

如凋零的柳叶

2013年7月1日

更辽阔的海

我们在岸上坐定
海就碎了
每个人胸中
拾得一朵朵浪花
那么妖娆
开始汹涌

获得这样的小澎湃
多么难得
亭台抖动
身后的房子开始倾斜
一些隐藏和遗失的东西
纷纷冒了出来
惊喜和怀念漫山遍野
让人无所适从

更迷惑的是——
突然驾无限江山
轰然入水
根本不知道要奔赴的远方
有多远
是否有一场更盛大的等待

或者靠上的
是另一座空港

我们就是遗失在人世间
更辽阔的海呵
当波涛
平静时

       2019 年 1 月 13 日

水边的柳丝
——为张瑶诗集《听说》题序

所观望的
是白鹭翩翩
从纸上飞起
向池塘深处
掠过倒影绰绰
溅起点点叹息

想铭刻的
是流云的斑驳
棕榈叶上的浮光
从举手投足的间隙
到凝眸蹙眉的刹那
那些青涩的背影
有了虚拟的起伏

所给予的
是摇曳的记忆
有着水灵灵的飘逸
从芜杂的喧嚣里
以抽身的敏捷
纷扬,漫天的雨丝

2013 年 7 月 3 日

瞬　间

一丝涟漪
不再蔓延
从水里伸出
模拟着光芒
有着累积的温度
骤然邂逅
迷离的距离

身下，蛰伏的汪洋
一滴泪般
噙在了谁的眼眶
翅膀，若隐若现
一再擦肩
如断断续续的烟
色泽，忽闪

雷声翻滚
闪电的光亮
已逝
那无法追赶的笔法
谁，挑进了耀眼
溅起
硕大的风烟？

2013 年 7 月 4 日

独自上路

每个夜晚
在最后的那一刻
我都会做一个残忍的决定
丢弃那些我深爱的花
甚至文字
独自上路
尾随着黑暗里
和我一样无助却自由的人
去云端
去地底
去看那些平时常看或不常看的风景
去会那些平时想约或从未约的人儿
我们彼此说着完全不用靠谱的话
随意搬迁背景和音乐
甚至情节
脚步匆匆
风尘四起
巨大得连黎明的样子
我仰望的姿势
都看不清

2013年7月16日

爆杖花语

满墙的爆杖花
又开始倾金黄的瀑布
溅起的
是春光万丈
和无边的鸽哨

唯有这爆杖花,今年
按住我心里涌动的湿
要我只记得眼前这无声的爆响
和正弥漫的金黄粉末
当下这最嘹亮的色泽
已涂抹了此刻这最平凡的日子
让一条普通的石板路
骤然金光灿烂
让不同的人
都愿意站在它面前
惹一身鲜艳

而生活有更多有声和无声的爆响
值得倾听
一如更多的斑斓
正在辽远处

独自盛开

兀自寂寞

候着天光云影

候着时间

或者

候着我

慢慢踱过

2019 年 2 月 14 日

车窗外

一次次被山水掠过
此刻,我突然可以随手打开一条河
掩上一片森林
连同其间所谓厚重的苦难
草棚里铜像一般的拥抱
比一只飞鸟轻薄
它轻易地越过山岗
又越过另一座山岗

而我只拥有 G1676 次 3 车厢的 16B 座
座下是欲望一样长的铁轨
铁轨下有我们抱不过来的漫漫山河
一只飞鸟那么轻薄
它轻易地越过山岗
又越过另一座山岗

胸口又再蔓延起伏的疼
有着一次次挣断的羽毛
和无边的忽扇
还好这只轻薄的飞鸟飞出
可以轻易地越过山岗
又越过另一座山岗

2018 年 9 月 14 日

云雾动车

3月22日,乘G1612次高铁北上
沿途雾茫茫
如烽烟四起

一座座山被攻破
一座座房子被陆续俘虏
而一张从三十年前张望来的眼眸
绝对是一束雪亮的探照灯
依旧躲闪不及
两旁的牛羊
如一小朵一小朵节节败退的烽火
而一掠再掠过的林子
是一条条标示的飘带
引我向前再向前
窗玻璃滑过的不是雨珠
是一枚枚流弹
当一孔孔隧洞迎面袭来
眼前顿时一片片黑

而我驾着动车
心事宏大
突破一场又一场硝烟

想拯救的

是整条厦门北到福州的

大好河山

       2019 年 3 月 22 日

月　色

月色太小
有时候就是一支莲蓬
浅浅地横在寒潭之上

月色太轻
有时候只是一只小雀
轻轻扇一下翅膀
就会飞

且饮茶，此刻
一壶茶后
我胸中的月色才现磅礴

2018 年 10 月 9 日

耽　搁

白云朵朵

在树梢盛开

鸟儿,那些锋利的针

出出入入

争先恐后

将整个天空和树阴

缝合

而我偏偏忘却了这样的斗篷

一身的天光云影

每一声鸣蝉

都是忽闪的晨星

每一阵风

都是飘飘的花纹

像那列动车似黎明延伸的触角

那旧屋上的拆迁

多像蝉鸣中的一次喑哑

我们都低着头

在路上行走

那些绽放以及飘逸

比一粒药丸渺小

比一则短信迟缓

近在咫尺

我们彼此耽搁

我陷在具体的菌里

谁已遁入无垠

2013 年 9 月 9 日

茶·海

茶,一排排
沿山而上
它们笑出声
哭泣
或者沉默
都绿油油的
都踮起脚尖
仿佛都在眺望
想越过那一层层
云雾的阻扰

直到那一只只手
白鹭一般破云而下
茶,如一尾尾鱼
争先跃起
欢呼着
离开绿色的汪洋

多像大海呀
一层层浪花
铺天盖地而来
欢呼着到岸

只一瞬间
便安静了

只是都依旧不知悔改
浪接连不断地破碎
寂寞
茶不断地跳入滚烫的水里
展开
芬芳
都荡漾着
都澎湃
都沉醉了

所以一杯茶的起伏
一片海足以抗衡
而一整片海的喧腾
唯有举起手中的这一杯茶
才能收拾
才可以安慰

2016 年 8 月 1 日

忘　了

堵塞，各路人马

纷纷涌入

旗响马嘶都跌进一张图里

凭谁胡乱地搅

在奔泻里

一块石头和一群石头

无间歇地龇牙咧嘴

谁捧着正滴漏的水

忘了

月已旋开了透明的壶

独自淋浴

在这之上

撒悠悠的尘

2014 年 2 月 16 日

下　班

像风景
挣脱一个巨大车轮的遮掩
在潺潺流水里的
我看清了清亮的喉咙
循着那些背影翩翩舞动
也像黄昏里的那棵梧桐
沉浸在糖里
蜂一样流连忘返
才扇动一下翅膀
玫瑰就闪出大道
不让过一架马车
从一把暗哑的吉他里出来
五颜六色的指甲
抖落一地

2014 年 3 月 4 日

惊　蛰

我觉得我应该是听到了动静

从灰色的雾霾里伸出

从蚊帐里探出来

手掌打开,旋转一圈

有五道光芒照出

如响箭入了桃林

媚眼纷纷睁开

胭脂的脸庞一律仰起

昆曲一则则幽怨里断裂

像一串串桃花枝

探到了眉间心上

开始摇摆

不倒翁一般有了明显的倾斜角度

用吓,试图撑开

那些一直不想声张的喉咙

那些春寒里蛰伏的小兽

毛茸茸,已现出了腾腾热气

天空里有巨大的蹄声

应了梦里头的呼啸

和胎衣里的杂沓

太平无事

其实，天色依然阴沉
只是我
刚动了一下念头

    2014 年 3 月 6 日（惊蛰日）

致小叶榄仁

暗色会迅速地落进你的身体
不管你的手臂依然向上扬
影子也会迅速凋零
那些曾经在风里的歌喉
会突然暗哑

我明白的,小叶榄仁
一些枝桠里的风
还无法大面积地吹
它们像光合作用在体内冲突
那些身体里的肿块和阴影因此诞生
而鸟儿已经来了
站在你的身上尽情撒欢
你的一些芽被迅速叼走
留给你的
是满是缺角的气息

我不想说的
或许就是受伤
因为伤口就是出口
大风吹或者肝肠寸断之后
那些碧绿的色泽才会喷涌

我才能看清那些手臂再次有力上扬
它们要托举的
是你毕生的秘密
我全部的述说

2016年5月4日

蓝天白云

只需仰起头来
白云一朵跟着一朵
模仿我们所有的模样
蓬松着
悠悠地
从来处来
往去处去
不为谁或者什么停留
令人过目不忘
或者转瞬即逝

唯有我看见了蓝天巨大的响鞭
将这无边的白云任意放牧
任它们沉默地垂首
日复一日
舔舐着人间这绵延无边
茂密生长的喜乐
和忧伤
永无饱日
从不鸣唱

是我们在天上游走

或者云儿在地上仰望?

白云注定会消弭

就像我们

一朵朵会飘过蓝天

2016年7月8日

候车室

走进候车室

突然起雾

身旁飘过的脸庞

如颜色不同的叶子

声音忽大忽小

好像听见了一个地址

马上确认是错的

有鸟语

流水潺潺

好像还有虫鸣

刚落进一声哭泣

不及伸手

一阵笑声拍岸而过

我却真的看清了——

每个人都在张着嘴合唱

台上常见到的那样

只是始终找不见

那个指挥是在地下

或者头顶

在站内

还是站外的山顶

而这一刻翻山越岭
拨开层层枝桠
我才看清了自己的身影——
小如一根锐利的针
我曾经向往的锦缎正摆在身下
上上下下
我要大声地默许自己
一如往昔
绣个寂寞

        2019 年 3 月 22 日

无 语

才出门,一大堆路蜂拥而至
数不清的翅膀
一齐扇动
画的妆即将沾上羽毛
前后左右
都有光打了过来
从每一个角度看我
都亮堂堂
也黑漆漆
一辆马车驾来
一部别克凯越鸣来长笛
看不见尽头的自行车流
从其中一条路杀出
左腿抬起
鞋就被风吹走
脚流向东岸柳林
虚拟的脚印
被犬叼走
喂了鼎沸的回声
菊花、玫瑰都盛开在我的眼眸
一眼大漠
一眨眼花园

有蛀虫从别墅的木雕里落下
溅起镶着金边的水花
废墟之上
却是肥沃之上
一大朵荷花兀自升起

暂且收起愁容吧
将受伤的五指
伸进干净的手套
谁会轻轻拨响
天地之间
那把月光竖琴

2014 年 3 月 6 日

风起时

我感觉到树上有千军万马经过

脚步和马蹄正往悬崖上千疮百孔的吊桥里挤

悬空,跳荡,不慎掉下来的马靴、弓和矛

或者是整匹马和一小队卒和军士

都比平日里慢两拍

不是直线下坠

是摇摆着、款款地

可以被路人很从容地拿起相机

不用连拍

数着拍

到地了也没有砸出坑来

或者发出凄厉和绝望的声响

更没有变形或者稀巴烂

与鲜血无关

都很完整

起码着地的那一瞬

完整得像一个轻吻

那些树就长在我卧室的窗外

那些住在五楼的大学生们

随时都可以俯瞰到这一支队伍的壮烈

他们是更高的那一批树叶

2014 年 3 月 23 日

等　待

瓢泼的雨中
无关那一大排满溢的大木桶
谁捧着檐角的一盆鱼缸
仰望闪电

那一朵乌云游走了
那庞大的架势
似乎支着硕大的雷声
一只蛱蝶拂过树梢
谁迅速追逐
掠过苹果满枝

苹果落了,于是
像跌落的一盆盆鱼缸
满地的小鱼挣扎着
那些在风中游荡的果皮

我在干燥的庭院里打扫这一切
我在空荡荡的苹果园里想起这一切
赶忙张开泛黄的宣纸
挥出雷霆万钧的手势
像黄昏里那只仓皇的蝙蝠

即将拖出

千疮百孔的暮色

2014 年 6 月 11 日

木棉花

木棉花一朵朵朝天空开放
如一个个硕大的五瓣杯盏
敬向天空
流云低垂
一两只嘬蜜的鸟儿上下翻飞
像谁痛饮时
不小心漏下的一两滴酒

其实是那一朵朵木棉
在风中扇动了翅膀
开始追逐鸟儿
它们才惊得上下乱窜
鸟儿就此纷纷跃上别的枝头
站定作一朵朵火红的木棉
因了走过下面的你
突然驻足
正徐徐仰起脸来

鸟儿这才看清了
这世上最生动的木棉花
原是会行走的
有粉里透着白皙的皮肤

红嘟嘟的唇一张一合

向上就漫来带响的芳香

而当流盼的眸子

有了晶莹的水珠渗出

那些火红的鸟儿

即刻纷纷从枝上掉落

一群群围拢而来

叽叽喳喳

一遍遍对你说出宽心的话

2018 年 3 月 28 日

环 顾
——兼寄语海律诗社

四周:图书馆、教室和寝室
一只白鹭飞过
有人将目光从课本的字里行间挪开
有人陷在其间

图书馆的前面是蓝色的杏林湾
泊着桨声和云朵
它们在等待着一个时刻离开
去喧闹里
或者静谧处

教室设在集美的胸口
大家排排坐
像起伏过的滚烫热流
整座教学楼会不会因此奔跑
朝着向往的角度?

一整栋寝室嵌进夜色
像一株大树上那些明亮的叶片
所有的旋律与讨论都漫进了光合作用
谁是叶绿素?
谁是那绵延的脉络?

我却知道:这四周
之前只是一片滩涂、渔场
一只白鹭曾经飞过
一阵阵海风已经掠过

        2014 年 8 月 13 日

原　谅

请原谅
这里的山只盛产石头
这匍匐的房子是石头
树是石头
河是石头
大地是石头
天空也是另一块挨得很近
更加庞大的石头

请原谅
我总想着从这些石头里出来
像闪电离开乌云
莲蓬离开淤泥
我摇摆
山,瞬间游移
我升高
池塘开始起伏
我忍不住要说出的每一句话
都是石头堵在心窝
捂了千年的秘密
我一歌唱
所有的石头即刻泪流满面

请原谅

此刻的我依然守口如瓶

在你们挑剔的目光中

在油彩的画面里

仍看不见我

我和那漫山遍野的石头站在了一起

像守候陷入了沉默

已将阴冷含在嘴里

彼此构成角度、厚度和高度

在不为人所知的角落里

相互辉映

如果注定不能飞翔

就原谅我吧

让我们一起嵌入脚下的这片土地

就这样挨着

紧紧簇拥

沦落成时间里

冰雪之后

谁呼吸里有那座隐隐作痛的故乡

2014 年 6 月 30 日

春雨潇潇

他们把枝桠和叶子
都递了出来
一整个漫长冬夜里的寂寞徒步
一次次雪下面的生死运输
只因了
布谷鸟的一声试啼
毫无保留
春雨潇潇

我也会掏出一点什么吗?
一场暗无天日的母殇之后
被体制框架砸中之后
夹在冷风的背后
委身于一片枯叶
任意东西
随意磕碰
居然也邂逅了 2015 年春日的门口
把手伸进身体
我掏出了空
——我此刻的全部所有
枝桠静谧
叶子低垂
春雨潇潇

2015 年 3 月 11 日

坐在画中

坐在画中

任时间在纸外面

纷纷老去

任风霜再次覆盖上苍茫大地

任怀中的那支笔

冰凉,光秃

遗弃在尘里

我只愿坐在画中

任你把手抚上我的额头

也依旧发着烧

任你梳子一再梳过

一绺长发

仍在风里飘拂

身边的水

仍流转在湍急里

那上面的一片枯叶

总映在明灭里

水边的我

就这样坐在画中

看着水

看着枯叶

看着沧海桑田

忘了你

  2015 年 3 月 12 日

白　蝶

我在瑞香花边落座
往事便纷纷搬进翩翩
那些雨打浮萍
相依为命
人间烟火恍惚
一只白蝶舞于当空

那么多日子过去了
旧沙发也已经被旧三轮载走
电子琴音断断续续
飘忽在窗台
在高山流水之间
我还是遇见了这盆瑞香花
等到了这只白蝶

知道我一次次从花瓣上掠过
或者云霞一回回从翅膀滑下？
白蝶抖落一条条弧线
突然透露了我出没的小径
我也曾凭空消失
一如瑞香花独舞密林

如今我才知晓
是谁将谁种进了山林
是谁将谁抱进了小镇
是谁向谁道别就像永别
是谁早寄居在谁的身体里
生生不息
翩翩不止的其实是瑞香花的芬芳
此刻，我捧起了一盆缤纷的白蝶

      2016 年 5 月 19 日

说不出名的咖啡厅

她的脸上有些叠影

那些消失的飞檐

飞远的燕雀

若隐若现

我们毗邻而坐

多像古诗里的两座城池

谁又在门外折柳

又婆娑一弯月

而我又得从何说起呢?

此刻没有猿啼两岸

轻舟未系

两杯咖啡在托盘上

风烟滚滚而来

你会是崖上长袖飘舞

或者一曲低吟

随竹叶一片片落下

而我似乎还坐在沙发里

一如往昔乘于飘忽兰舟

有荷花在前面——打开

月光也能照见

那些躲在里头多日的叹息

我们其实还在彼此的距离里

只是时间不再了
一次凭空消失即将落下
或者已经开始
在我说不出名的咖啡厅里
我没有约到她
她其实就不是她
我们其实就是别人眼里
两张空荡荡的椅子
摆在靠窗的那个位置
只是之间的桌上
那瓶经年的玫瑰
又开始忽闪

2016年5月21日

凤凰花开

一丛丛的小火苗
在五月里的燕尾脊上面烧
鸟儿似火星飞溅
将葱茏点燃

这些扎红头巾的女子
出门约会海风
却迷失在了红砖厝前
在狭窄的弄巷里
一闪而过

而伤感的伊
在送别的码头
掩着脸
颤动着高挑的绿裙
已哭得通红

咳嗽的窗下
汗水飞溅的工地上面
钢琴房的前门
学士服翻飞的后面
一样立得楚楚动人

一摇曳

咳嗽就从病中脱落

尘土扬起一场汉舞

音符和学士帽分列两行

一尘不染

更似女儿和她匆忙上课的同学

正纷纷扬扬沿石阶而下

她们淌汗的脸庞

那么鲜艳明亮

       2016 年 6 月 2 日

哭泣的凤凰花

原谅我的哭泣
这一次被电闪雷鸣照见
泪光隐在此起彼伏的燃烧上
在晴日里一次次飘浮

原谅我用完我的动作
忽略病床的白色
以及日复一日的重叠
指给你可以点燃的五月
和夺人眼球的鲜艳
一次绽放用完了全部的颜色
花光春天到夏天那么大的仓库
原谅我缺席冬季
不过后面丰收的秋天

这一次泪滴
悬挂得太亮
我知道唯有那一把古琴
才能够得着

2016年6月5日

削一个苹果

那年的一个红苹果
在他手上削了很久
以为沿着表皮行走
一定可以抵达内核
不知道苹果突然从手中隐没
他停在二十岁的动作
似在削风

只是阳光依旧酷热
一只只家雀
落叶一般纷飞
对于一个小事物的固守
他以为里头一定伏着乾坤
千里那么迢迢
又三十年太短

至今仍未见到守望的枝桠
被什么压弯
依旧有少年
在空中
在不远处飞刀

他从身体里掏出最后的苹果

将斑驳

一次次擦拭

2019 年 12 月 3 日

我们可以走得更远

我们可以走得更远的
鸟儿张开翅膀那种距离
周日的阳台下泊着一长排的车
轮子都在原地轰然打转
不远处由歌厅改成的报告厅里
几个北京请来的专家
在台上
挥不动我们当年站在那唱歌的那种手势

我们可以去得更远的
是我困在阳台上时心里直接跳出来的词
不锈钢的栏杆分割外面的树
鸟儿
还有爬升的墙
也切割我
和整个阳台

我知道可以轻易从外面的路上
车上鸟的瞳孔甚至海上
看见此刻的阳台
我也可以此刻出门

仰望这个朝南的阳台
和蠢在里头
我那比远方更长的身影

        2019 年 12 月 9 日

蓝天里的羽毛球

那天蓝天里有一尾鱼
从这边跃到那边
越界的欢喜使它轻盈
一次次伸出磅礴的翅膀

那天的鱼其实是我存心放生
喂了少年满满的羞涩
它搭着我忐忑的心跳拼命抵达彼岸时
一次次被拒绝似的尴尬回头
衔回一帧帧倩影
一声声娇嗔
和少年犀利的自责

有时候鱼向蓝天刺去
只有我发现破了一道口
星星哗啦啦漏了下来
夜色和黎明接连掉了下来
我们瞬间丢失了对岸

而彼岸的风景
更像一枚锐利的钩
也许已知今生无法拥有

才让鱼断了尾，丢了鳍
依然一次次自杀式游击

蓝天下，今天每次拾起羽毛球
依旧像拎着挣扎一般的扑腾
和绝唱似的嘶吼

        2014 年 11 月 14 日

一枝三角梅横在路旁

一枝三角梅横在路旁
一个扫地的老人从前面经过了
两个泡脚小弟在下面蹲着吸烟
一群大学生追逐而过
一辆旧凯悦轿车
从后面缓缓驶过

其实有更多的风吹过
密集地瞥掠过
一些念头甚至挂满了枝头
摇曳间
迷醉围着欢舞
伊一次次摸着泛白的鬓角
以为已将其插在了发间

只有我们知道
有那么一个瞬间
是我蹲守在了枝头
你从枝下抬起粉红的脸庞
摇曳在我们之间的呼吸
晚霞以及飞鸟
突然凝固

只有我们慌张的凝望

上下左右

无处安放

2018 年 11 月 21 日

窗

这栋房子的呼吸是方形的
或者圆形的
那人的眺望
像卡在里头的刺

一整面冰凉的墙
像曾经沉默的背影
即将转身告别的那一刻
泪,码在砖里头

看不得冷漠
我们把眼睛装进了白桦林
谁便听见了树叶纷纷后面颤抖的哭把凝望安进了石头
让水掩不住傻傻的等候

只是你不要从里头探出头来
更不要挥动手中的红头巾
云因此下雨
旭日或者在东山用力地踮起脚尖
都以为那干涩的眼睛
为谁眨了一下

在我的身体里

谁也这样

正向外眺望

一生的秘密

即将流出

谁会拾起一扇月光

为我掩上

2015 年 4 月 10 日

也许我们已相距遥远

也许我们已相距遥远
左手依然有风
可以轻易抚上
轻捻
那年婆娑在我们头上的柳叶
或者鹭影
就从旋律里脱落
平平仄仄
轻易抵达此刻
彼此展开的诗笺

或者推窗
我们即刻都能看见
和那年告别时街角一样昏黄的灯光
从雨夜的那一刻开始
一直亮着
至今还照耀着那年我们频频的挥手
晨曦也无法淹没

更多是在猝不及防的瞬间
心中突然涌起彼此依然温热的名
轻轻唤一次

五脏六腑即刻移位

月光接二连三地匍匐到了身下

星子如樱花桃花般弥漫

当空一次次磕碰的是那年坚硬的玻璃杯

不敢深吸一口气

怕面前的山水

即刻随我破碎

是的,没关系

时光流年又如何?

我们唯一可能送走的

只是彼此不再清晰的身影

就像此刻

我们已相距遥远

2015 年 11 月 25 日

窗口上的花

像一群鲜艳的女子在小小的花园里追逐
只是这园子是横着的
地心引力放松了一根枝桠的警惕
她们在横着的空间里跑着
晃荡着她们无处可依的楚楚动人

中间的哪个女子又丢下了手绢
这一回张生王生或者李生根本无法拾得
他们赶考跑船或者强盗的生涯魅惑不过万有引力
他们在大地上行走
背影乌黑

2015 年 11 月 30 日

捡石头

他喜欢捡石头
河床那么大
他直接忽略倒在里头的庞大风景
只喜欢流水里的零碎
喜欢那些磨砺后的模样
其实他企图安放和捡拾的是心中那些疼
都没在了水里
那么坚硬冰凉

我们写下的这些文字
何尝不是捡拾起的那些石头
那么破碎
那么散乱地流淌在天地之间
我们分别走过
分别拾起钩挂裤脚的那一枚
那一堆
我们穷尽一生
无非是想把它们
一一摆成人形
组成心形
搭进苍茫

2015 年 12 月 31 日于集美学村

眼睛受伤后的桃花

眼睛受伤后
一朵桃花被我看成了一片
伸手向左
她居然在右
明明在散步
却望见了奔跑
张开怀抱
仿佛整片桃花都在拥抱
我右眼眶里笼上了一大片红
一眨眼
就溢下花瓣一串

一朵朵桃花
其实也是一只只受伤的眼睛
春雷里那么响的磕碰
天地都听见
只是我再也无法独自捂紧
一朵桃花已开在了脸上

好吧,乘着这季节突袭的疼痛
就让我把这片桃花全部放出

让她们带谁出走
天涯那么远
唯她们可以替我抵达

2016 年 3 月 20 日

江南微凉

江南，此时微凉
贴近肌肤有芦苇三竿
轻摇曳
两只鸥鹭低回
一叶小舟晚归
有人又上亭台
岸上，望不断时光
望断了肠

我只想燃起炉火
忽闪里
读几行浸在冷里的文字
从深处滑出
携着躲躲藏藏的味道
共三两旧友
一如往昔地滚烫着脸庞
品今世热凉
叹年华寸短
也说风月
必是树梢上的风
刮过我们的前世今生之后
才上的枝桠

更是遗落巷间的月
照过沟渠
才照见过彼此的心房

只是此时,我仍在江南
掩映中惆怅
不知幽幽里
谁会拾得一支短笛
将捂不住的这份慌张
和无边无际的茂密
吹给微凉

2018 年 11 月 19 日

雾之梦

摄的原是谁的梦境
起着轻薄的雾
笼着低低的呢喃

一两个影子
在里头绰绰
一大早翻开的朦胧
原是不忍心让谁独自猜测

谁在里头也醒了
想见的那人
或许在里头
正搂着一个被窥见的梦
披着薄薄的白纱
荡着此起彼伏的轮廓

多像一直有的距离
一直被薄雾覆盖
谁也看不清来时的旅程
停着彼此什么样式的驿站
是一个着怎样旗袍的女子
在里头
琵琶悠长

2018 年 11 月 4 日

身体里的枝桠
——读郭居敬《全相二十四孝诗选》

我们都是他身上的枝
一直忙着疯长
以为是凭空摇曳

忘了鸟儿站上会疼
雨打叶子时
有更庞大的抽泣

直到身体里也开始抽出枝
也供养出一枚光芒万丈的果子
也开始弯曲
才望见寂寞处因了我们的高远
他已龟裂

珍惜从此起风的日子吧
即使抱紧的再也不是伟岸
也要领着全部叶子
唱响他教会的那支歌

2016 年 5 月 13 日

池塘旧

池面上已经长起了草
一棵凤凰树在上面布下根须
我小心地从池面上走过
不惊起一圈涟漪
一群人追逐而过
有人在池中央躺下
漂浮得厉害

一池水其实早已被土填满
女儿沿池中央的石墩跨过的忐忑
已结实地升起
一整面天空的倒影
被土深深地含在嘴里
感到涩的部分
一定就是那些飞鸟

只是现在我靠近这座池塘的时候
依旧能听见水声
还能看见女儿颤抖的小手
莲苞一样摇晃
踩上的时候跺一下脚

那些虚拟的鱼儿

又一哄而散

满天地游窜

2016 年 12 月 21 日

火车开进花地

那一排热烈的繁花是火车溅起的呼啸
我们并肩小坐
你在车窗
我在花间

你诉说的是出发
再出发
我歌吟的是流连
又流连

如今只剩冰凉的铁轨
一如僵硬的那些记忆
我选择依然的盛开
等你
哪怕只剩落日一般眼眸
和转瞬即逝的侧脸

晚风如昔

2012 年 5 月 31 日

换雨书

在屋里徘徊
那么想交换一场肆意滂沱
淋漓源自我一次次的自言自语
落地破碎
我突然豁然开朗

交出手心里打转的成把钥匙
交出磨砺出的火星
换它出了东门还有十二扇东门紧锁
不通知它越过的下一面墙
和昨夜翻越的牌坊一样森严
不交代伸展开手臂
就会接连磕碰到虚拟之兽
有狂吠咬噬
穷追十里
不能摸前额
狂沙瞬间纷扬

就交换无厘头地出现
毫无预兆地摆开大阵仗
交换心意刚决
彼此就面临难或易攻陷的大地

忘了还得交出荼蘼桃花

和轻薄旋转的油纸伞

脱下依旧锃亮的皮鞋

换我踩这一地的箭簇锐利

　　　　　　　　2016 年 3 月 25 日

婀　娜

兰舟不再鲜妍

风雕刻在桨上

桨揉进水波

夜色那么浩大

一如黎明已然无边覆盖

谁只能静静地坐在谁的身边

忘了谁曾是谁的一个小心思

从身体里

一路狂奔到山里

到海滨

五十载是长亭还是短亭

依然遮不住

黑白色的雨

我只是暂时徘徊在堤上

水里摇晃的

不是影子

也非落叶

是即将漫上胸口的空荡荡

或者都是回眸里

不肯灭的火

断线的风筝

无法参破的婀娜

2018 年 3 月 25 日

菡萏

荷叶喧哗
我采着的
依旧是那一朵菡萏
又在怀里酣眠

我是不是不应该错过
最早迎面的那只雨燕
随在那把黑色的剪子后面
拾满地胡乱破残的月影

或者就此拥有了一件玄衣
可以去更黑处隐匿
轻易将身体里的舍利子取出
擦拭
也会有一两枚
从此跌入陌陌风尘

唉！只怪我那么清楚
那一绺琴音
在云里
要够得着
得借一朵才出淤泥的菡萏

将其哄睡
伊才有那般干净
可以升腾的梦

2018 年 3 月 25 日

品　茗

伊早就坐在我的阳台朝东的藤椅里
用着旧姿势
哼着昆曲
只是连伊自己也不知道
怎么又哼出了
"姐姐
和你那答儿讲话去——"
在沪不是开往西厢的地铁里
有人在聆听
摇着伊知道沾着月色的纸扇
可以听见一些水声晃荡
一点醉马上就要蔓延
彼此即将说出那些滚烫的话
其实已经说出来了
语调舒缓
直白坦然
只是这一段话说出的时候
我又是独自坐回二十九楼朝南的阳台
伊刚刚从静安区的地铁口走出
伊不知道
才抬头没认真看清的那一角天空
我已把阳台搬进了里头

有一杯伊喜欢的油滴建盏
又添了新茶
正冒着热气

2018 年 3 月 25 日

落　樱

樱花纷纷
一只红胸鸟从里头飞出
那鸟儿就是一缕春风
或者那风儿具体作一只鸟儿
或者那鸟儿才是一小朵樱花
那满树的樱花
正是站满枝头的红胸鸟
只是这一刻
同时向地上飞
不再停在半空
樱花纷纷

樱花纷纷
而我正从下面经过
我似着急浮起的一段石板路
担心飘落的距离
害怕花儿会疼
可怜等不得黄昏的小火焰
天色还早
就想将自己吹灭
也罢,就落进我的身体
替你们

待空荡荡开始弥漫时
复燃
樱花纷纷

2018年3月27日

暂时过河的石头

把一块石头丢过河去
今夜的力气只够一个后撤步
那边的广场是不是有回声
一列火车
在篮球场的上方飞驰

白天让周遭欢声四起
淹没是那么容易
只有夜色才配得上屋顶的啤酒
和其间的点烟
妆沾着漫天的泪
假装浮在风尘

在此岸
诗句支离破碎
那么远
只是一条河的鼓荡
看不清钟面
一绺头发已在指尖
旋转

2019年1月8日

我们也说过同样的话

风拍打着落了绿漆的门
靠着小小的阳台
楼下的人
当年不知道他们
其实都进行着此刻的动作
一只灰雀举起左爪
挠了挠去年脖子上的痒

我知道了这个秘密
我却无从阻止
谁又把今年的黑天鹅
放进记忆中的池
那些早已远逝的恋人
又成双成对追逐在
我窗下碧绿的勿忘湖
天真的样子
和泡在水中的旧影
一模一样

肩上其实不是月光
正落着一个轻拍的掌
必是从以后伸出的

笼着梦的依稀

雪地上新鲜的红唇

一张一合着

正夸张地对我

说着无声

       2019年1月10日

要回去的地方

要回去的地方那么小
只够蜷缩着一个片段
隔着十里洋场
告别登不完的渡口
一次次洞穿舷窗下
层层叠叠的云

机翼开始颤抖
航向飘散
那个巷口的路灯
经得起摇晃吧
老人和职工大楼会迷离吗
忽略一大排珠宝橱窗的后面
模特聘婷的身后
一盒吊兰正纹丝不动
连同半空中的飞鹭
和低垂的无限江山

只是，爱已停在母亲
操劳坏的左心房
只在外婆蓝色的内衣口袋里发烫
小姨吉他弹拨出的旋律

永远刻在了二楼木窗沿

这个世上其他木屋的东大门前

再也没有一串串青亮的葡萄

会挂在闽南腔调十足

亲亲亲亲的乳名里

环顾四周

我们其实正在对方的故乡

思乡泛滥

哭出声来

世界这么远

唯有回家

我们总有办法抄近路

2019 年 1 月 10 日

新　衣

谁嫩嫩的舌头又伸出
正舔时间的刃
冬天都过了
原本准备去更深处的黑
猝不及防被削去了尽头
又嫁接进了一枚种子

那一季的雨中拥抱
出发的祈愿
还有寒夜里的扶持
真的还有机会欲言又止
只是阁楼
已熄了当年的梅花灯盏
余烟缭绕上的
已是此刻的月牙

这一回登高
我亦在风景里
身旁飞驰而过万顷新绿
拖着那么重的叹息、泪水和笑
不忍疾走
只是这拂过脸庞的新柳

和雏燕

已渐渐漫过了锈和侵蚀

俯瞰里

我们都被误作了春天

我却爱这件又给的新衣

醉披上也罢

误穿也好

都可以暂时忘了之前的所有携带

和等待

去赴别人的人间

        2019 年 2 月 24 日

借桃花三片

一片给大地
从此轻盈
可以到云里
去俯瞰
万千风情如何蜕作一粒尘
里头纷纷的跋涉和无休止的家
开始飞

一片给天空
人间就有了亲戚
可以到市井里走
让飘扬匍匐为广厦三千
可以点亮
万家灯火
摆上
万千宴席
话桑麻

一片给自己
骤然有了伙伴
成群结对地闹
开始颤抖

化妆

添些许媚

不用买酒

对坐就醉

被一次次邀上枝桠

或者月亮

试着照耀

学会吐露一丝

或者无限的香

2019 年 3 月 13 日

凭　空

凉意，自栖身处
一波波刺来
没留意磕碰了一下
花瓣洒落
尖锐的枝桠和丑石败露

早已洞悉了破裂
在漏洞百出的天空下
将游戏扮作舞蹈
杂沓的笙箫泛滥
掌声轻浮
晃荡被一次次钉上木板
唤作大地

只是三十载已作了树干
叶子和菇一层层长出
遮上了尘和月色
并弥漫作浓云密布的天空

是挣脱莲的时候
从腐朽处站高
让池塘回归涟漪

流连踱回旧园

沁人香

这一回

谁正决绝地腾空？

只是谁凝望着我的时候

以为是凭空消失

或凭空而立

2020 年 1 月 2 日

挣　脱

拐进一条小径
就是从树干上探出手去
就会接住等在半空的月光
又可以插进身子两侧
煽起蛰伏的飞

惯常的日子
收起脚丫也会滑行
互望着，彼此的脸有了裂缝
万丈的藤蔓摇晃
有什么冒着蒸气
遮天蔽日
从半空疾驰而过

而落进大路的叶子
正乘风
去了屋檐
渡什么上了岸

那么安静
抽身而退的空荡荡
将谁重新放回人间的刹那

2020年1月6日

偶遇芭蕉

路边的芭蕉
在夜里低垂
我走过的时候
它频繁地点头
不知道是赞许我的风尘仆仆
或者悠然自得

那芭蕉叶
似乎替我伸进了铁栅栏
沾了在里头晚自习女儿的嗓音
开始一颤一颤地咳
又像从傣家的竹楼挣脱
骤然荡到海沧外国语学校的外墙
种在车马声中
时而优美
时而凌乱

而我想一借再借它的袅娜
去勾勒这近年关的心灰意冷
它只是沾了沾半空的圆月
轻轻一挑
就把嵩屿中路的杂芜

勾进一幅画里

连同

我的慌张

       2020 年 1 月 10 日于海沧

望　月

当你认真看一轮月亮

心就开始纤细

优美，并且温柔

树桠的勾刮就不会再伤害

所有的遮掩都变成了一种层次

而且再也不怕单独出门

总有耐心的陪伴

亲密的跟踪

和远远的凝望

像女儿不知我站在汇景雅苑出租屋的阳台

看着她背着书包走远

毫无察觉

站在海沧闽篮生鲜超市的门口

拿着手机写下这首诗时

浇了一身月光

当你认真看一轮月亮

无论多老

马上又学会了捉迷藏

和山风和水涧一起疯玩

随意做个扩胸运动

怀抱就会展开得无限远

学这迅速扑得满地的月华
还会把心里珍藏的那句话
听作是传自头顶上这扇亮窗的呼唤
即使过几天才明白那种嘹亮或沙哑
毕竟有着天地的间隙

当你认真望月的时候
即使已一贫如洗
还可以指着天上
炫耀这最后一块银币
而且你会开始发亮
放出光芒
朗照八方
月亮才是另一个干净的人间

      2020年1月12日于海沧

花朵已在原野上独自开放

花朵已在原野上独自开放

不管冷风还在吹

这些比刀子锋利的冷风

似乎可以收割一切

却切不下花朵

花朵伸展出全部的

比刀坚硬的花瓣

在刀丛中

自如摇曳

花朵在原野上独自开放

不管日子到没到

不怕是否荒废了时辰

会遇见什么

也不怕提早用光了全部颜色

开得这般孤独

这般鲜艳

这般让人心疼

2020年的春天,花朵

已在原野上独自开放

不管风中有没有人来

不管那么多爱花的人隔着窗

隔着楼房

隔着小区

甚至隔着病床和诀别

花朵只顾尽情欢舞

似乎知道只要尽情欢舞

就一定会有诗与歌

笑与泪

从天而降

2020年春天的花朵

此刻,已在原野上独自开放

我们之间

隔着正往这里拼命奔突的崎岖小径

布满荆棘

撒满阳光

2020年3月6日

我知道你在等待

午后的暖阳
在我的挡风玻璃前洒了一路
小叶榄仁树空举着两排向上的手臂
风驰电掣

而你的呼唤早滑行在我的头顶绿荫深处
鹧鸪一般鸣叫
从晨曦一直漫延到我的所有黄昏
我将要写到的那个女子
在不远处的樱花树下
已化了半张脸的妆
构思中的青年男子
在我虚拟种下的梧桐树上
斜挎着吉他
忽然取下口中咬着的自来水笔
沾着夕阳
一次次在一张残章上续上音符
满头梧桐花白

那一定是你的等待吧
那一束束打来的月光
穿过身体之后

我所有的窗帘

即将折射反射散射出一双扑腾的翅膀

两声骤停的柳琴

三句凄厉的昆曲

和你想见的所有的手势

朦胧的眼眸

忽隐忽现的马车

大起大落的命

和雨滴顺着竹叶滑下时

湿漉漉的城堡

而这一切之前

我必须从具体的车上下来

让速度把我从领口罩的队伍里认出

推搡着经过一个个探温器把持的路口

一次次交出

2020年春天让我雪藏的体温

2020年3月7日于海沧

第五辑 时光之城

告 别

又到夜深

又要和今天的我告别

或者和一个不再回首的我告别

我唤一声

喂！曾经的我

原谅我让你的今天这样虚度

平常得不能再平常

仿佛我有用不完的这样的一天一样

收到白纸

递回白纸

忘了这上面可以写我想写的任何事

其实我也不曾忘记

也知道这张纸过了这一刻

就将会被没收

被投进无底的深渊

面对这样庸常的日子

是我选择放弃记录

如果是这死一般的平常

无法涂鸦作画

我宁愿选择空白

像一份无可救药的洁癖

2015 年 3 月 12 日

再见,2013 年

2013 年,我弄丢了
我最亲昵的乳名
那一刻,荷花生香
蝉鸣匝地
破败的屋檐犹在
重峦叠嶂包抄而来
从松柏万丈掩映的间隙
从外婆逐渐冰凉的怀里
挣脱,我们的距离
再也无法用三百公里来聆听
"沁儿——"

2013 年,我弄丢了
爱的首饰
那些曾留在指间和脖颈的金色光线
似乎转瞬即逝
只是身体的灰尘
已然剥离
我们深情的呵护
让彼此泛出了光亮
如黎明的一角
乍泄的灿烂

2013年,我弄丢了

悠闲的步点

在长亭里撑伞

在短亭里失眠

把整齐的诗句撒进病里

在惨白的心跳中

晕染丹青

2013年,我还弄丢了

祖传的银元

那是老人最后的目光

父母慎重的嘱托

一场突然的盗窃

肮脏的手掌将它摸回了货币

在年末,我再也看不见了这只

我们养育了那么久的羔羊

它正被赶进哪一片

风吹草长

我又听见了它刺骨的鸣唱

2013年,我也马上就要把你弄丢

既然我已铭刻下了365次晨钟暮鼓

笑已经在笑里

哭已经哭过

下一刻,我必然把你弄丢

像弄丢那个被我浓墨重彩的花旦
那个掏走我全部心事的歌手
又拐进了流浪

        2013年12月31日

2015 年最后一缕阳光

2015 年,风依旧在一整年里吹
从桃花的缤纷里
一次次穿过
串起一枝枝虚拟的星斗

这一年里
我们重新踏进辽阔大地
一枝枝拾起破败的荷
插进沿路澎湃的寒塘

我依然在那条插满地名的高速路上迷失
去不知名的地方搬回一堆堆的海市蜃楼
沿途摆放
假装里头有一杯杯老酒
够我缭乱

这一年里
仍未点燃褪色的那朵焰火
颜色要漫上高处
总寻不得那只轻盈的鞋尖

还有一些影子

陆续从窗口跌入
居然可以扶着我的肩
为我一次次吹响笙箫

可笑的是
我最需要感谢的居然是永别母亲的榕城
让我收齐三坊七巷的烟雨
一一填进了《坊巷谣》
让母亲沿着我写下的诗行
踩着我写下的每一句呼唤
走进了国际电影节的舞台上
穿过CCTV-6的电波信号
我们在欧阳娜娜的大提琴声里相拥

2015年,此刻我就要和你告别
我用旧杯泡出咖啡的时候
芬芳又开始升腾
2015年最后一缕阳光
正好扑在了上面

　　　　　　　　　　　　2015年12月31日

浓　雾

我要去的地方
正缥缈

平常办公的十七楼
筑在了空荡荡里
近三十年的奔波和奋斗
居然放置其中

只一个上午
我们齐刷刷被裹进有无间的境界
不必修炼
无关身份
彼此就轻易地成了对方的仙子
有了闪现的脸
有了稳妥的躲藏

想是握住了谁的手了
身子分明正迷离
而笙箫
正从白茫茫的仰望里滑下
从四向里漏出
猝不及防

我看见的是谁?
谁的凝望
其实早就在这空荡荡里
雾起时
雾散时

2016 年 1 月 4 日

枕一江春水入眠

这一次,梦突然浮起

不再落在大地

不再四处漫游

一对对翅膀

尝试着伸出身体

向往着忽然的眩晕

黎明才知

昨日七个小时驱车之后

自己原是枕着一江春水

知我一年劳顿

知我刚刚泪别母亲

极力模仿着

1969年建设公社前的旧碉堡中

1975年前坪老屋里

那么遥远亲切的声调

层层叠叠

反反复复

络绎不绝披挂而来

直到这个冬天的寒梦逐渐有了血色

有花苞从中绽裂

猛抬头

我看见建阳窗下这条多情的麻阳溪

有些沙哑

早已碧透

2016年的立春正在里头沉浮

徘徊,久久等候

等着我参透一夜的絮叨

等我将朝南的窗子打开

哗啦啦对诵

2016年2月4日于建阳麻阳溪畔

限　时

我决定把这一刻交出
即将枯死的马蹄莲
从右侧又探来褪色的面庞
一整天不肯走的云朵
正纷纷挤在了头顶
我那么在意的流水
已缭绕过了长亭

而这一刻像一支狗尾巴草
没头没脑从草地里伸出
它苗条的身体帮我挡住了夕阳
用最后一点热量
支撑住即将降临的苍凉

我确实已把这一刻交出
将透明捧给了空荡
那么完整袒露出的刹那珍藏
正是谁眼中的浩渺无迹

而这一刻过后
谁又照常撒出大把的盐
一整个星空
又开始"噼啪"作响

2016年6月23日

3 点出发的高铁

3 点到 6 点的沿途

有一对乘错车厢的母女

有一排无人搭理的夹竹桃

有一个未打开的想法

拉杆箱一般伏于头顶架上

三部私家车往高速路上窜去

一个孤独的农人和牛

被我的列车拽出水田

迅速完成一场离别

我却一直想在里头塞点什么

一群白鹭先我飞了进去

一个姑娘戴着耳机抢睡在了我的右座

一座满满当当的榕城

胖乎乎地横在我的前头

我欲携带上浮云一般沉重的诗句

正在其间失魂落魄

6 点之前

那人正坐在大厦的厅堂里

用手挑着我的名字耍

他不知道我正跃过一道道栅栏

以高铁的速度

以端坐的姿势

几粒白芽奇兰正被我缓缓地抓进不锈钢杯子

他想见着我报到时那一瞬间的表情

如一部部不知该等在哪的的士

在厅堂外面苍蝇一般乱窜

还剩一小时

我闭上眼睛抚摸刚拾得的这群意象时

千山在窗外——倒毙

榕城在 6 点处倒吸一口气

伸缩的那根冒汽的舌头

正是我乘坐的 2016 年 7 月 12 日"和谐号"G1612 次高铁

2016 年 7 月 12 日于 G1612 上

中秋夜

没有了母亲

也就没有了月亮

2016年的中秋夜

14号台风"莫兰蒂"打扮成亲戚

在门外激情地敲打

跳变态舞

跑调的歌喉一次比一次高亢

还顺手把树和雨披拔扯

醉汉一般坐在一辆车顶篷上

把玻璃和自行车一次次抛出

似乎想拷问没有娘亲保护的孩子

如何度日

我却是平安的

我在把窗门紧锁的时候

在把花盆移开阳台的时候

在用脸盆储水的时候

在去超市提前买米的时候

母亲就陪着我

不停地跟我耳语

整个夜晚

母亲都指着窗外已经疯狂的"莫兰蒂"说:

"那就是小时候我给你讲过的故事里的狼外婆!"

2016 年中秋夜
门外风雨大作,黑暗无边
只有我们家里亮堂温暖
因为离开我们两年的母亲已在我们的心底
我们家里如期升起了亲爱的月亮

                2016 年 9 月 16 日

当我们的手扶上一棵树

从此知道一棵树的营养
也可以来自大大小小的手臂
一双双无暇擦去妻儿心里阴霾的手臂
一双双无暇卸下卧室窗户破玻璃的手臂

就这样急迫地扶起
如扶起家里一个个受伤的兄弟
我们身体里的刀割声
它们都听得见

而当我们这样急匆匆地
用尽洪荒之力顶着撕裂的树干
我们担心的是
会不会不小心磕碰掉它仅有的叶绿素
会不会按疼了它们微弱的呼吸

而当一股股暖流顺着我们擦伤的手臂
沿着破损的树干枝桠
强劲汇入它们孱弱的身体
只有树知道
自己失去的只是曾经虚荣的华冠
在集美的新老城区

在鹭岛的大街小巷
在台风"莫兰蒂"肆虐过的每一个角落
从此蔓延开了自己最滚烫的最结实的根
谁也无法拔起

      2016 年 9 月 19 日

秋日午后

午后,很多人在过虚拟的节
我烫了一壶茶
发现自己才是那盏空荡荡

一只白蝶在窗台的苦菜上独舞
瑞香花还把蕊怀在腹中
一整座红色的大学生宿舍停在又一阵风里
像我一样
不知说给谁听

隔着浅浅的海峡
这时候就传来了一样的叹息
我们都无力去拾掇上面的川流不息
和劳顿
上面虽然骑着奔腾的桥

是不是手中精致的锦绣
再也没有配得上的身体?
我们才没有发现
这,已是深秋

像一件无限蔓延的风衣

午后，所有的庞大和细微
都在里头
包括这一整片没有云彩的天空
以及一支
和蓝狼烟同时点着的寂寥

      2016 年 11 月 16 日

诗日记

苏　醒

醒来,阳光已经搭建好尚忠楼的红屋顶
在窗下椰子树被台风"莫兰蒂"撕裂的伤口里撒了点暖
孩子们在托儿所里欢呼追逐
知道里头有自己蓬勃的影子
父亲坐在客厅南窗前写回忆录
用笔尖一次次沾了点光亮的粉末
女儿在靠北的小屋做作业
她没空理会窗外的灿烂
妻推门进来
拍了拍身上的光芒
刚监考完她一整袋卷子里塞满阳光

这么盛大的太阳绽放在2016年的最后一天
像一个猝不及防的最大的名角艳丽登场
唱出了今年最温暖的歌
也像孩子间的输赢游戏
说之前的都不算
想以最后一天的冷热定输赢
更像在说今天是个好日子
一年就是好天气

阳光下的黑暗可以都唤作影子吗?
2016年最后一天的阳光里
不布置一丝凉

双胞胎

父亲对着电视里的双胞胎姐妹惊讶地说
能养出这样的一对太神奇了
怎么这么像?
口气像个孩子
女儿抱着IPad从他身边走过
一脸镇定
像个学究

如果长着父亲一样脸孔的另一个老人突然感叹
我左看看后一定会右看看
我另外一个一样面孔的女儿和我撒娇之后
她一定会把"小学究"拉回我的身边
而我最想看见的是母亲离开二年二个月后
另外一个和她一样长相的老人
从我眼前经过
我会毫不犹豫地拥抱她
唤她:"妈妈!"
哪怕她会推开我的手
惊慌地望着我的脸
"谁家可怜的孩子?"

晾衣服

妻又匆匆快走到阳台上

晾衣服

她对一件件湿漉漉的衣服说

这是今年仅剩的阳光

吃好喝好

我才发现妻子的秘密

一年到头以衣服为鱼

一次次钓阳光的饵

约朋友吃火锅

我们多像不同的食材

中午,从各自的山水里聚来

我们赶一份叫作友谊的汤

纷纷落入,心甘情愿

在一起的时候最滚烫

彼此道出的这些从未向别人炫耀的真情实感

一次次交融

感慨、欢笑、惆怅、酸楚、幸福

翻滚起伏

在我们身体内外进进出出

直到起身的那一刻
我们彼此开始散发着对方的体温
似乎又变成了全新的味蕾
重新上路
充当另一场叫作阳光的营养

奔　跑

趁 2016 年最后的这缕夕阳还未熄灭
我要追赶一般
奔跑在财院 400 米一圈的红色塑胶跑道上

两只乌鹊从身下前方的电线
一前一后一上一下
展开长而尖的翅膀
它们哪知道我的翅膀早天上地下飞翔
甚至就是此刻缥缈的夕阳

一个女生从池塘旧沿小心走过
没看见我在她后面
踩着池面而过
她忘了池塘早被掩埋
我忘了再也没有溅到半空的涟漪

我终于在财院红色跑道上奔跑

阳光安置下的体育场

正好装满我 2016 年最后一次脚步

我喜欢的同事正好慢走在身边

我有意停慢脚步和其攀谈

而她根本不知道这段似乎毫无意义的对白

被我突然放进了永远不再的 2016 年 12 月 31 日 17 时 15 分

我把最后的 800 米呈上

用我全部放松的身体

拥抱时间的动作绝对不止扑将前去

在落日里奔跑

在余晖里有力地心跳

这是华晓春 2016 年最后的创意

在一起

2016 年最后一天的夜晚来临时

我们在一起

这是我最简单的想法

也是最大胆的想法

更是最担心的想法

我担心窗台上苦菜花的摇摆

会阻碍父亲的日记里的步伐

他会去楼下

去寻找母亲永远丢失的那只黑布鞋

我担心台灯的光亮太暗

妻会去她的财院公共备课室

批阅那些学生茂密的念头

我还担心女儿那本书忘了带回

她会自己布下想象的月色

滑去道南楼里旋舞

我最不担心的就是自己

千山万水在前面

我也会提前将漫山的藤荆砍伐

强迫自己一次次呛水学会游泳

一寸寸狼狈泅水

然后扎在所有人都必将意料到的时间和地点

弥漫下包容众生的万丈浓荫

2016 年 12 月 31 日夜

感　谢

——致我的四十八岁生日

感谢今晨的阳光
一直在我长夜之后的卧室外候着
等着我拉开窗帘的那一刻
即刻扑进我的怀里
让我直接感受到自己今天生日的温度
和重量

感谢随阳光一起撒下的问候
我的朋友从海边
在山里
把正月初九的问候一次次拾起
擦亮
放在最隐秘的位置
只想让我不经意经过的时候
突然闪光

感谢窗台上的这株梅花
从年前就开始服一口口寒气
滋长出一寸寸春光
今天终于披上了阳光的头纱
将我的生日
妆得如此明媚健康

感谢这杯偶遇的建盏
是何时开始秘密地从黑暗里挣脱
又专程去火焰里洗浴?
赶赴的居然是正月初九的日子
准确抵达我的握中
专供我的生日来啜

感谢亲人们
为我摆下满桌的佳肴和生日蛋糕
让我一如既往地以为——
亲人围坐便是节日
他们对我说出的每一句话
都是生日礼物

感谢已经远去的母亲
让我知道我从哪里来后
又知道来路也会渐渐掩上夜色
更让我在生日的这天知道:
我周遭今天这么多的亲朋好友
都是母亲早早帮我安放的
生日这一天
不是我最大
是母亲最疼

感谢敬天公习俗的鞭炮声

在正月初九的凌晨骤响
让我明白：
不是谁的生日声响巨大
是人间的爱
可以弥漫
无疆界

2017年2月5日于建阳梅兰轩

瑞香花盛开的日子

瑞香花盛开的日子
鹧鸪鸟鸣叫声声
从窗外的林子里
远远传来

莫非鸟儿也知晓
这花儿和母亲同名
这花儿也知晓
母亲离开我已近三年

莫非这花儿真知晓
母亲现在的行踪
让芬芳来带我
从窗户缭绕出去

莫非这鸟儿也真的知晓
母亲筑在云里的寓所
"行不得也哥哥"
一声声提醒我
云深不知处

它们哪知道

母亲只是搬进了我的心里

正在我胸口里烹茶煮饭

一如往昔

只是殷勤的鹧鸪鸟

依旧在不远处的林里

长短叫唤得凄凉

亲亲的瑞香花

在母亲经常瞭望天空的窗台上

一阵更比一阵

沁人心脾

2017年2月9日于集美学村

惊蛰日

午后,和女儿一起去骑车
车轮碾过之处
回声四起
一朵花溅到另一朵花上
一个横穿集源路的孩子
扑进了母亲温暖的怀抱
我觉得沿街的路灯
都悄悄怒放了一秒
一声鹧鸪
跌进了另一声鸣叫

骑行到京闽酒店滨海的木栈道
浪一层层铺在了轮子下面
我们一前一后地起伏
如浪尖上乍现的鱼
而一阵阵雷声
其实只响在我的身体里
海其实也还柔柔地在十米开外
晒着它浮肿的肚皮

而一直骑行在前面的女儿
好像也是在这一刻

从三轮车跃上了摩托车

红色的轮子飞速旋转

放出突然的光芒

沿街的人们身影即刻忽明忽暗

我循着骤然获得的光明大道

加速骑行

清晰地听见

街下面的车轮也开始雷厉风行

谁和我们一样

迅速失踪

又瞬间

回到了嘉庚路,风平浪静

2017 年 3 月 6 日

诗歌日的发言

其实就是一次发言
浪啊,石头、树和花都挤在身下
无论我捧出的是粮食
或者即将濒临的大雨

我承认听见过石头的嘀嘀咕咕
也曾在浪的旁边徘徊
我总觉得彼此不必靠得太近
便是从小一起长大的亲人
我的自言自语
其实,道出的都是树阴的浓密
花的盛开和凋零
或者树一摇摆
花香开始弥漫
我便开始发言

所以,我的迷茫
有时就是一块石头无法动荡
就是浪
飞上了晴空
就像我的眼角有些湿润
浪就碎了

一万块石头开始漂泊

我其实就是浪啊,石头、树和花
那些无边无际的
我叫得出名字和叫不出名字的
早悄悄地汇入我的身体
循着我的睡梦
或者我的呼吸
我的这次发言
其实就是搬运
只是我将树搬进了浪里
将石头戴进了花的鬓间

此刻,万物耸动
待我
一一道来

        2017 年 3 月 21 日

新年好

那么多的蓝天、三角梅和海水
以及今天刚刚从地下穿过的厦门地铁一号线
都要在这个瞬间打包
将一年的落寞装在编织袋里
将幸运扎成心形
把零碎的一地鸡毛分类好
放在门口
等明天第一辆春光运走
而那些心心相惜的磕碰
让我一一再次抚摸
那些凝眸
用今夜最后这一轮明月
再照耀一遍
既然带不进新年
就统统涂上 2017 年最用力的体温
刻作路碑

而即将扑来的空气来自前方
即将的欢呼将朝向东方
我那么多的想法
将说给住在心里头的每一个人
我将惊喜于即将抵达的问候

我告诉自己是幸福的

即将有机会拥抱全新的地点、人物和事件

还可以在祖国蓬勃发展的大好河山里

再次寻觅唤我乳名的大小兽和植物

写下我越来越斑斓的乡愁

"新年好!"

说出这一句

就是答应自己勇往直前

就是接受可能的苦难与困难

就是还要和大家在一起

承诺越来越好

相信前方

2017 年 12 月 31 日午休前

洞　悉

这窗外午后的阳光
就是 2017 年即将过时变短的秋裤
谁正在折叠
准备塞进布满风尘的衣柜

这个时间，我只认真邂逅了 *Five Hundred Miles* 这首歌
追进了《醉乡民谣》电影里
像里头那只乖巧又神秘的加菲猫
会在流浪歌手的怀里
也会突然失踪

我终于是被一粒泰诺按在了床沿
无法言喻的小忧郁袭上心头
女儿早已拉上窗帘做她永远做不完的作业
一些凌乱的主持人在卫视大声地喊"挥别 2017"
她们的声音真的果断
像毅然放弃一半截黄瓜
不管身后的音乐正褪作黑白色

而我也马上要去一个眠里休憩
将 2017 年这盛大的包袱留在梦之外
像今天我把正式运行的厦门地铁留在了地下

那一格格向后移的风景

我早已洞悉了指令

且睡去

在速度里

谁都必须忽明忽暗

      2017年12月31日午休前

生日忆名

1969 年

万物都还小

朦胧着彼此

我们互相追逐

瞬间拥抱

片刻分离

又即刻合二为一

在母亲的怀里

我们为所欲为

以为有着永远的池塘可以游泳

可以无边际地游戏

直到正月初九

我睁开了双眼

漏出了光芒

人间才找见了我们

拂晓,当父亲举着那么大的太阳

照耀着我们

彼此居然不相识

分明是开口打招呼了

听到的却是号啕大哭

2018 年的今天才知道

其实是一个叫"立春"的助产师

零点就已经候在我们空荡荡的襁褓之外

她那一身的绿色和花朵

不仅将长夜拥得生机勃勃

芬芳十足

还将我们魅惑至今

      2018 年 2 月 24 日生日纪念

春　分

这个日子最适合看桃花
她们在枝上
刚刚梳妆打扮完毕
暖风正好扑打在右颊
她们开始追闹着
荡起秋千
谁的脸庞在里头
忽而黑白
突然彩妆
枝头乱颤
蜂蝶四溅

只一些嫩叶
羞羞答答掩来
遮不住旧曲调
像一仄仄小思量
也曾在绣房里
独自芬芳
灯笼转得暗哑
只是燕子又飞去
什么敲透了窗纸
西墙听得霖霖

两厢嗟呀

不如归去
去枝头里鲜红
粉红
苍白
至少知道雨滴会落进心头
了然了沁凉
轻捻来的指尖
当如一缕伸来的月白
或者就飞身而下
浸久候在时光里的酒樽
将此生最好年华
饮进对的那人的胸怀
从此随他
忽高忽低
去他梦里梦外的天涯

2018年3月21日（春分日）

送孙先生去广西

孙先生有书
摊开在风里
二十年都不会翻乱一页
孙先生有茶
摆在龙舟池畔
湖水肯定会泛起涟漪
孙先生有酒
在最后的一个夜晚
只有我约他一起喝
我们谈的都是脚下的这片土地
他说仅仅是两地分居的痛苦
我理解的都是海风里的咸涩
孙先生跟我握手道别的时候
手心滚烫
孙先生说明天肯定会更好
我知道孙先生说的明天
有我有他有别人

我不知道他二十年的构建
如何在一夜之间坍塌
我只知道我已经在这土地上
种了三十年的庄稼

也长得稀疏

我不知道孙先生从此之后

在广西是否有完美的前程

我只知道我的建筑在风里

丢了窗户和门

还会有湿漉漉的大梁和燕尾脊

在凄厉中呼啸

我送孙先生远行的今夜

风很轻

月很淡

仿佛没有告别

仿佛我们不曾来过

夜色将集美2018年7月这个夜晚

包裹得没有露出任何破绽

只是此后经年

我会想——

连孙先生都走了

他会纳闷——

华晓春为什么会原地滞留？

2018年7月14日

对饮吟留别

和民斌兄对饮的茶
常放在夜里
夜的颜色和茶的颜色一样
喝下后
一阵紧张
又一会儿轻松
而外面是匆匆的车流与过客
比着速度和队伍的庞大
头顶是相思树絮絮叨叨的叶子
晃来晃去
我们却没有论输赢得失
只有一杯之后
还会再续的滚烫

就像今晚在"艺墅家"的送别
也不像送别
坐在户外的凉伞下
聊的是一场还未举行的诗画联展
和集美从此可能寂静的星空
不用以茶代酒
拂过半生的晚风醉醺醺地低语
天涯不远

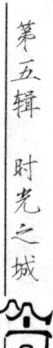

真的不远
可以张望
也可以出发与还乡

        2018 年 8 月 12 日

最后的一抹阳光

这已经是 2018 年最后的一抹阳光了
随便地披在我客厅的塑料凳上
干净如新织的锦缎
不沾跋山涉水的尘
也没有体温的滚烫
轻薄得一吹气就会飞走

只有我知道
这已经是 2018 年最后的一抹阳光了
我想把它坐定
它又轻巧地攀上我的胸口
握不住
一次次从指缝间溢出
我甚至让读高二的丫头赶紧留恋
她抬头瞄了一眼
又投入她无边的题海
它和她
恍若一对姐妹
熟无可恋

2018 年最后的这一凳子阳光
让我知道了

一如往昔

已非原来的模样

约会缠绵

其实是即将走远

一整年的沧桑

居然都无从提起

不如再搬出一张凳子

平静而坐

用光 2018 年这最后的时光

打量两张干净的凳子

两座空山

看不见桨声灯影的两条河

怎样

两两相忘

      2018 年 12 月 31 日

周六的黄昏

站在空空的车旁
看另一个父亲在我眼前
把孩子放在肩上
我在等女儿从高中放学
指间仅剩的半支烟
正熊熊燃烧

此去经年
谁将重蹈这一切？
风中的眼睛如果目睹
可还会清晰忆起
记住苦楝树的枝桠在头顶
纹丝不动
当时,也就是此时
我的天空
空空如也
恍若生命划出的一块空地
容我寂寥地安放
这首简单的诗

孩子们放学的拉杆箱
在人行道上就此"答答"响起

此起彼伏

我叮嘱自己

一定得记牢这串仅有的密电和标记

给归来

或者我的此刻

2019年1月这个周六的黄昏

其实正是谁

或者替谁

循着标记和密电

从虚空里

站定

    2019年1月12日于厦门外国语学校后门

隐身于春天

烟雨起
河开始时断时续
吟唱从幽深里传来
一咏三叹

我何尝没有立于晴朗里
朗诵春风
以为彼此不再动摇
都会在梅的上面
和下面候着
不想,此间隔着一条
日夜不息的麻阳溪

此刻,我又枕着一溪潺潺而眠
静静漂走的有谁的浓妆
和华丽的灯影
梅,收起了薄裙
蜷回枝里
或者一如这满窗的雨声
滴进了鼓涨的溪水

这麻阳溪,其实是一支射出的

即将嘹亮的响箭
或者这烟雨的下面
正蒸腾着
即将滑出的
无边无际的鸟鸣

2019 年 2 月 5 日

正月十五观灯

一盏灯
被我虚拟地挂在桥上
桥也是虚拟的
一群人
已从虚拟中出来
在花灯下
举头
理云鬓
回眸
或望向现实中的我

而现实中
我没有灯
也无桥可挂
我独步夜色
只嗅得酽酽爆竹硝烟
那惊鸿的一瞥
或者阑珊处的寻觅
皆遗失在更黑处
更深里

肩上突然就伸出了翅膀

脚下有了流云
胸口有火光透出
万丈的人间烟火
在俯瞰里
那么多天灯
随我
一起飞翔

在互相的照耀下
我们隔着时空
是否看清了彼此
红通通的
都很美

2019年2月19日

邂 逅

这片独自的云
你是否算准了我出门的时间
在我头顶上候着
而我抬起头来
纯属偶然

你其实只是谁呼在当空的一口气吧
我也只是一粒暂时会行走的尘
我们相遇的时间
是公元 2019 年 7 月 17 日的夜晚 22 时 15 分
只有不远的叶子拍打过
昏黄的路灯照亮过
以及一只从奇骏车上跳下的夜猫捕捉住了

抽完最后这一口烟
我就要进屋了
别了你这朵孤独的云
你终会去谁家的头顶
吹去那发梢上升腾的离愁之后
独自碎去

这一片空荡荡的蓝色夜空

好干净

好小

根本写不下

这个月圆之夜的邂逅

      2019 年 7 月 17 日月圆之夜

元旦致词

这个时刻,对着可能的山河
我张开手臂
亭台开始飞翔
那些我不忘的人儿
在里头摇晃着高低的杯盏
星光四溅
所有的阴影
开始漏出里头无边的灯火

这个时刻,面前所有的山水
都是我允诺过的诗句
沿江的鸡鸣
歇着三月的一次邂逅
在园林里徘徊
踱进了一个意象的千回百转
而我阁楼朝南的窗子
必须伸出一个月光般的手势
风中的亲人即刻飘扬
让所有的隐喻
逐个剔透
而最愿天下所有的莺啼
暮鼓和炊烟

一行行

一阕阕

千里万里，从此通往

云中

和人世间的我

      2018 年 12 月 31 日

年 末

我约此生仅有的这天上午
回集美喝茶
兆镰君准时按响门铃时
我认出上午的模样
精神抖擞
灵气十足
午餐时才打完电话
再远的水涵兄立马驱车赶到
我用了一年的时间才明了
午餐有着满满汽油味
以及笑容盈盈的面庞

今年剩下的最后一个下午
我们三人都看见了
就是一整座集美大社的明亮
有我用了三十二年才找见的嘉庚伯的出生地——颖川堂
门楣上正垂着一条若隐若现的光芒
一些老人围着老厝
说着心里和场面上的话
如围着熊熊燃烧的火焰
离开时那些比我年长的红砖房
透出一句句的祝福：

"后生仔走好!"

如 21 世纪第一个十年的最后烛光

回眸时,此起彼伏的大社新屋旧房

冉冉升起在半空

又纷纷朝我倾卸而下

像今年那么多理不清的旧事

开始隆重搭盖这个日子最后的黄昏

一条巷子曲曲绕绕

往前甩去

是集美赠予我

去系 2020 年的绳

回海沧临时的家前

我用今天最冰冷的水

把最后两件脏衣服洗净

挂在集美老屋朝南的阳台上

我想如果半个世纪的时光

已拉起遮掩的纱帐

至少让它们替我搀今晚午夜的天光

牵明天的曙光

既然已注定

我必须连夜赶制一个瘦弱的梦

去弥漫

彼岸庞大而又模糊的谁

2019 年 12 月 31 日于海沧

新　日

新年第一天,太阳还是和我
一起迟迟起床
一整个上午向外张望
只两只鹊停在阳台下的树梢
没有鸣叫
似在等我拉开一扇新门

我用一下午时间
在厨房砍骨头
食指与拇指间磨出的血泡破了
终归去药店的路上
没听见鸽哨或者码头汽笛
一两个陌生人也走在嵩屿南路
和我没交换眼色

新日里,用的还是去年的冷天气
面馆和外国语学校的招牌依然不醒目
我走在两排七叶树下
没有落下花呀雀呀或者雷声
更没有幕布拉起
天空依然遮盖不住

那我凭什么命名新日

是刚破了的小伤口

还是起床前早已悄悄结束的仪式

满城雀跃了吗?

至少海沧应该王船出动一般闹热

还是交会的那个瞬间

新暗语已改成面无表情?

或者真被树上两只鹊

提早啄食走了什么

保密一般沉寂

沉默,鱼已经从海沧湾的深海里

游走了一批

蒿屿南路将搬来的新租客已星夜赶路

我下一首诗里的意象

已在今晨做完的梦里动了一下触角

新日的等候往昔一般困在406屋里

七叶树之上

海沧大桥之上

两只飞翔的鹊翅之上

早已全新布满我汹涌的思绪

只是我已忘却

像习惯

像流星即将呼啸之前

2020年1月1日

半杯姜丝麦仔茶

杯子又一一摆上
它们不知道随便遇上的人
一个刚经历一场浩劫一般的手术
一个即将远走他乡
一个还未走出心灰意冷

年终的晚风还在窗外起落
一屋子的人举起杯子
一次次彼此靠近
她们不知道二十年前也有这样的夜晚
也有相似的面庞
我们送行过的人
如今已在大西洋上来回了几趟
只记得五年前坐在我们中间的母亲
一场手术后
再也无法回来和我们吃饭
一个人的忧伤那么巨大
只用一个又一个小小的玩笑覆盖

回家的车又停在嘉庚路上
我们互道珍重
在岁末

积压太多的委屈、不满
只倒出了一点
天空的瓶口太小
更多的还堵在半空
上弦月暗淡
马上就淹没了彼此缓缓小去的背影
唯有半杯的姜丝麦仔茶
仍在刚才的桌上
紧紧抱住仅有的余温

      2020年1月3日

残 棋

这落叶一再发兵
纷纷

而落花偏偏围着将
帅欲辞落红
亲征城外

而落叶纷纷
这些一往无前的卒
已经在风里过河
即将抵达城下

士相已相继战卧沙场
落红又一瓣瓣
牵引着帅

谁又来收拾这残局
谁的手指已抵达半空
弹拨个迷乱

帅突然仰起头
望我

我即刻手足无措
来不及团作一轮月
只慌乱地漏下满天星斗
去倒映谁的余生

       2020 年 1 月 5 日

马銮湾的夕阳

马銮湾的夕阳
如同一面大红鼓
谁遗失在西天
1月10日的晚风
在17时25分击中
大地即刻支离破碎

一块开始沸腾
喧嚣匝道
忽然的街市
从天上排到地下

一块挂满嫁衣
谁吹响婚庆的唢呐
那么多家的新娘同时出嫁
骑红鬃马的新郎们
举着红灯笼
夜以兼程

一块泪水滂沱
衣襟尽湿
那么多燃情的瞬间

无从收拾
只能任泪水
顺三千尺而下

一块硝烟烽火
兵荒马乱
大帅的红缨顶盔歪在卒的头上
出征的号角才响
收兵的锣声四溅
红葡萄酒散了满地
胡乱地香

居然找不到一个完整的词
红彤彤地呈给马銮湾这面嘹亮的大红鼓
我站立的这一块
突然贫瘠
任我搜遍这一身长衫的清瘦
放眼四望

                              2020 年 1 月 13 日于海沧

生日偶得

此刻,坐在海沧的四楼阳台
糖胶树和榕树树梢挨着我的棉拖鞋底
之前各种天气里去过的城市
像这两棵树上的叶子
纷繁
都不作声
我都以为自己是突然出现在
汇景雅苑的半空
像突然探进栅栏的一只雀
耸动着风尘仆仆的翅膀

这一时刻
其实是数不清了脚下的山水
和云
以及山中的彷徨
逆水行舟
和因了云深不知处
当时更没想到——
抵达的这个生日
居然是在一个暂租房的阳台
没有阳光
颁给我的好日子数字居然是 20200202
这个千年一遇的人间对称日

花了我

半个多世纪

只有我知道

自己为什么取下阳台上的红灯笼

给它换上更亮的灯芯

为什么将七十七岁的老父亲随身携带

哄他准时去里屋午休

而我真不知道

阳台对面的高楼里有多少扇窗

有没有对称的一个人

也独自在这一刻

回味零点后窗半空那人在阳台上烧红半边天祭拜天公

或品味独一无二的自己

将此刻的自己看个云里雾里

以为阳台上站着的

坐着的

飞行着的

是从现在

从前

或者将来归来的你

他（她）

和我

海市蜃楼一般

突然

若隐若现

2020年2月2日于海沧汇景雅苑

立春，下雨了

立春，雨一条条在阳台外
费力地隔离着
那个一次次搂紧自己身影的人
开始耸动
芽不知道空气里有什么
一个个探出头来
一脸无辜

2020年立春的这场雨
其实是从那个挖陷的漏洞
长向半空的
枝条冰冷地无边伸展
倒挂着红眼睛的蝙蝠和果子狸
浓稠的掩映里
没有散步和恋爱
一整楼的灯火
暗淡作枝桠间瘦削的梅子

谁当空开始投下一枚枚绿色的
白色的响箭
逆行
呼啸扑向漏洞

春天的回声开始迸溅

枝头乱颤

雨，一寸寸矮了

音符两个三个够着了枝头

阳台上的那人

开始盘算着

怎样从左口袋取出戴口罩的芽

从右口袋掏出

早已解开脚环的鸽子

    2020年2月6日于海沧齐五桠果南厅

离散词

散于坊间
又以自己华美的姿态
浮于半空
谁明了了
再无广袖
可揽怀
或者袖子已残
漏出了那么多
闪烁的脸庞

只是擦肩而过的瞬间
有双烛燃起
照亮一扇窗棂
凝固那么熟悉的瞬间
在时间之外
当时执手相望
胸怀波涛
月色苍凉

有的只是遗忘
忘了交织的我们
曾经的光芒

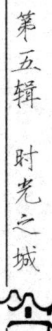

或者无方
可以服下之后
将心中的疼一点点泯灭
然后相视一笑
天涯无边

如今散于坊间的我
可好？
还记得
谁继续舞着
月光那么忧伤
那般久远的霓裳
今世，寂寞那么大的风
掠过之后

         2017年7月21日

司空见惯里的神秘和玄妙（后记）

新诗百年的时候，我体会到的诗歌创作是：

时间在不停地流转，一年如此迅捷，百年亦如此，但在流动的水中，总有礁石存在，总有旋涡存在，也总有吟唱存在，无非是一些咏叹只喊出了那个自己的悲凉或者壮怀，瞬间泯灭于涛涛江声；而一些低语或者高音一旦喊出，山崩地裂，山海回响，那些声响不是喊出来的，是万物埋在其心间迸裂而出，是所有民众存在其心里喷涌而出无法抑制的代言。百年新诗，无非如此。而一百年，对于所有写诗的人来说，无非是要不要将自己的心和万物贴得更紧，无非是愿不愿将自己的命和这个时代的命泡在一起，倾听自己手中莲蓬。如果，这莲蓬只长于瓮中，或者只采自家院子的莲，其一样有声响，或者听见了也会落泪；而有人手中的莲蓬来自无边无际的荒塘，来自前赴后继的人们用泪水泡大的池……

这本诗集收集的是我 2012 年 9 月之后近八年的诗歌创作成果。全书共分五个部分，在"栖身之厝"，我一次次俯身于生我养我的土地，一次次聆听生命浸泡其中发酵出的乡愁芬芳；"向往之乡"则是一次次因机缘的牵引邂逅的突然乡愁；"亲爱之邦"是我因挚爱亲人而散发出的隽永乡愁；在"身体之域"，我则将内心袒露作一片焦渴的处女地，任世间万物的声响如种子般播撒，用我生命所有的营养浇灌出绿油油的乡愁弥漫；而在"时光之城"，我驻足于时间的潺潺，一次次将风起浪涌的惊心化作对生命一次次领悟的锐利乡愁。当我身体内外祖国的乡愁汹涌，构筑成的便是我生命里花样的诗意浪漫和多元,将我这八年的时光包围。

只要在时光里,我就依旧会执着地将自己放置在诗意里,无论怎样的天气。

本诗集选编之后,我依然认为:

不管百年或者当下的诗歌,对于每一位写诗的人来说,无非是面对眼前经过的同一丝声响,你悟透了几层?或者是追随着或大或小的动静,你抵达了树梢或者天空而已。然后才是——你是将天籁加入自己的体温后幻化作天地人的共鸣或者回归天籁甚至污浊肮脏。

我个人独爱那种司空见惯里的神秘和玄妙。

愿我悟得,并且传达给了未知的谁和远方。

然后,谁因此去了我去过的处所或者更美丽的所在。

感谢七十七岁的老父亲亲自为本诗集作序,感动父亲刚写完一百万字的回忆录后还在坚持续写日记,更庆幸自己这本诗集的每一分乡愁都有他的生命陪伴。

感谢集美区委宣传部和集美区文联,为这本写集美和根植于集美创作的诗集提供全方位的创作支持。

期盼花样乡愁,从此让未来的日子更加醉人。

华晓春

2020年3月18日于集美学村